JN034599

メディアワークス文庫

トンデモワンダーズ 下
〈カラス編〉

人間六度
原案：sasakure.UK

目　次

キャラクター紹介

テラ

打ち込めることがないのが悩みの女子高生。カラスと出会い勝手に運命を感じている。

カラス

学校に行かず、不思議なイキモノ「ワンダー」を倒すクエストに夢中なテラの同級生。

ナルコ

同級生の男の子。レムと付き合っている。

レム

同級生の女の子。実家は和菓子店を営む。

委員長

私服高校なのに制服のような服を着ている。

センセー

180cmの長身を持つ担任の国語教師。

幕間《まくあい》

傾き始めた陽《ひ》がじんわりと照らす教室で、二人きりだった。

僕とテラの机の上には、作文用紙が置かれている。

担任の先生はここに、最近学校にまともに来ない理由をしたためろと仰《おつしや》った。

掌《てのひら》の上で遊ばせるシャープペンシル。親指を軸にして回転させるには結構な練習が必要だ。そんなふうに手遊《てすさ》びしながらも、頭はちゃんと回っている。親の手伝い？　精神的なハードル？　それとも存在しない兄弟の世話……？　教師に一番同情してもらえるもっともらしい言い訳を、僕が考えているその横で、

「決めた」

勢いよく立ち上がり、ブルーグレーのツインテールを揺らしテラが言う。

僕は細めた目で彼女を見上げる。いつ見ても同じ、丈の短いジャケットの胸には、よほど気に入っているのか、クエストでドロップした星のブローチが添えられている。

「脱走しよ」

「……」

しばらく黙っていると、テラが眉毛をひん曲げてこちらにずんずんと歩いてくる。

「え、何。聞こえなかった？　脱走しようって言ったの」

「いや、聞こえてるけど」

僕は、広い空白欄と氏名欄のある作文用紙に目を落とす。この分量なら、だいたい600字から1000字程度。

「普通に書けば終わるし」

すでに頭の中には、存在しない幼い弟の立ち姿が出来上がっている。

そんな僕にテラは熱弁を振るった。

「いい？　これに反省の気持ちを書くのは、学校に屈するってこと。負けるってことなんだよ」

負け……？

その2文字の言葉が、頭の奥底をピリリと刺激する。確かに、教室に閉じ込められるのは不当な気がしてくる。

「……そう言われるとちょっと不愉快かもしれない」

「でしょ!」

嬉《うれ》しそうに声を上げるテラ。

僕はなんとなく作文用紙を二つ折りにして畳むと、窓から廊下を軽く覗《のぞ》いてみる。

放課後の廊下は閑散としており、人混みに紛れるということは期待できない。

「どうするんだよ。二人で出ていくのはリスクが大きすぎるぞ。かといって一人ずつ逃げるか? 残された方が悲惨だ」

水を差すようで悪いが、現実の苛酷さは告げておかねばならない。

しかしテラは待ってましたとばかりに、イタズラっぽい笑みを浮かべて言うのだった。

「そう言うと思ってました。じゃあまずは《メニュー》を出して……?」

黒板側の扉を少しだけ開けて、頭を出してみる。さっきと同じく、人通りはない。確か先生は1時間後に見に来ると言っていた。まだ30分ある。僕はそっと扉を開け、廊下へと足を踏み出した。しかし、後ろから続く足音はない。かといって、テラを教室に残してきたわけでもない。

目立たないように廊下を進み、階段を下り始める。踊り場で誰かとすれ違う。生徒二人組だった。心臓が跳ねる。平静を装って通り過ぎる。

もう1階分、階段を下りた。

その時だった。

「おや」

声に、足が止まった。

僕よりひと回り長身の物理の教師が、10段ほど上に立つ僕のことを見上げていた。心臓にずきりと刺す痛み。生身の人間に見つめられているこのプレッシャー。

「出席番号11番、カラスさん。もう作文は終わったのですか？」

左手は無意識に手すりを摑《つか》んでいる。その、金属のひんやりした感覚が、手汗をかいた掌に染みた。

「それともお手洗いですか？　だとすると、階段を下りる意味がわかりませんが」

「ええと……」

ヤバい。

なんて言えばいい？　この人の言って欲しいことは何だ……？　頭の中を無数の選択肢がよぎり、ごちゃごちゃに混線を始める。

「実は、あの、僕」

その時だった。

右手が震えたように感じた。痙攣《けいれん》とは少し違う、何かこう、内側から叩《たた》かれているような、そんな感じ。震えは次第に激しくなる。どん、どん、どんどんどん——。衝撃は抑えきれないほど大きくなり、

「うわっ！」

掌から、光の板が飛び出した。

《メニュー》——本来であれば、指先で宙に四角形を描くことで呼び出す、クエスト中にアイテムやスキルを使うためのツール。

その《メニュー》の中から声が響いた。

「出してえええ——ッ！」

先生が目を丸くした。その反応も当然だ。《メニュー》はクエストプレイヤー以外には目視できない。つまり先生には、呻《うめ》き声《ごえ》だけが聞こえているのだ。

「ヤバい。ヤバい早く出して、ヤバい。死ぬ」

漏れ出す声が大きくなるにつれ《メニュー》がガクガクと震え始める。何がヤバいのかが全くわからない。だが《メニュー》の中で、何かのっぴきならないことが起き

ているのだけは、明らかだ。

「もういい自分で出る」

声の主は勝手に宣言し、

「おい、待てテラ、今はまずい！」

僕の制止を振り切って《メニュー》から飛び出した。テレビから飛び出す怪物みたいに、上半身から踊り場に着地し、そのまま腕だけで匍匐前進《ほふくぜんしん》して《メニュー》に残った下半身をずるりと引き抜く。

そして、思いっきり深呼吸をした。

「おい、中で何があった……」

「あのね、すぅ――――。この中ね。はぁ――――――。めっちゃ広いの。でも……」

息を整え終えてから、テラは立ち上がって僕の胸を人差し指でつついて、叫んだ。

「息ができない！」

マジか。

それは、ごめんとしか言えないわ。

テラは僕をたっぷり6秒睨《にら》んだのち、すぐさま階段の下にいる先生へと視線を移す。

そう。まだ問題は何も解決していない。この一連の流れは、《メニュー》を認知できない先生にとっては、テラが虚空から突然出現したように見えたはず。

先生に気づくや否や、テラは開きっぱなしになっていたメニューの中に手を突っ込み、雷に打たれたように棒立ちする先生に向けて、巨大な布を放り投げた。

うわあっ。間抜けな声をあげて尻餅をつく先生。それと同時だった。

テラの手が、僕の汗ばんだ左手を摑むと、目一杯の力で引いた。

「いくよ！」

もがく先生の横を素通りして、廊下を駆ける。何もかもが無茶苦茶で、とんでもない。けれどなぜだろう。頭の中では冒険の始まりみたいな、アップテンポなＢＧＭが鳴っている。

「なあ！　あんなものいつの間に！」

走りながら僕は訊《たず》ねる。

「空き教室のカーテン。こんなこともあろうかと、前に仕込んでおいたんだ」

「こんなことって、キレた物理教師から逃げることかよ⁉」

「そう！」

走りながら彼女は答える。

「キレた物理教師から逃げること！」

どれだけ走ったろう。靴も履き替えずに外に飛び出して、グラウンドの裏側をぐるりと回った。上履きのまま湿った土を踏む背徳感の、その凄《すご》さたるや。たどり着いたのは、粗大ゴミの廃棄場と花壇がある校舎裏で、１本の立派な葉桜が木漏れ日を作っていた。

僕らは葉桜の幹に背中をもたれさせ、荒ぶる息を整える。心拍が70ＢＰＭを切ったところで僕は言った。

「お前って本当に、めちゃくちゃなやつだ。よくも入ろうと思えたな、あんな得体の知れないものの中に」

「だって、マジでいいアイデアだと思ったんだもん。息ができないのは誤算だったけど……」

《メニュー》は、原則的にはアイテムをしまうものだ。でも、アイテムということにしてしまえば、実質的にはなんでも収納可能だった。しかも《メニュー》に重さという概念はない。そこでテラは言い出したわけだ。

私をアイテムってことにしよう、と――。

「狭いなあ」

空を見上げていたテラが、ふいにそう言った。

「《メニュー》の中がか？」

「違う。学校とか、世界とか。でも私たちは脱出に成功した。つまり――」

「つまり？」

「私たち、きっとどこへでも行けるってこと」

幹に腰掛けて伸びをしたテラが、ニヤリと笑ってみせる。木漏れ日を受けたその表情は特別明るく快活に見えて、僕はなんとなく顔を逸《そ》らした。

「どこへでも行けるなら、どこに行きたいんだよ」

顔を逸らしたまま、僕は訊ねた。

テラは少し首を傾け、うーんと考え、

「水族館とかかな。夏休みに行くんなら、やっぱ涼しげなところがいいじゃん」

そう告げる。

夏休みなんてずいぶん気が早いように思えるが、そうか。待っていればいつか、夏休みは来るのか。

「絶対に行かない」

僕が答えると、テラは頰を膨らませて反論した。

「そこまでガチ否定すること？」

僕も幹に寄り、テラとは反対の向きに座ると、さらさらと動く葉っぱの1枚1枚を目で追いながら言った。

「はっきり覚えてないけど、子供の頃だったかな。水族館に行った時、ガラスが割れて。水槽の中身が流れ出してきたことがあって。僕に怪我《けが》はなかった。でも、目の前でどんどん生き物が死んでいった。僕は、それをずっと眺めてた。ひどい匂いだった。それが今もトラウマなんだと思う」

ふーん、と軽い返事を返すテラ。空飛ぶウミヘビとか、クラゲとか、ウミウシとかが湧いてるこの世界じゃ、さぞ生きづらそうだとでも思ったのか。……実際に、エレベーターにクラゲのワンダーと一緒に閉じ込められた時は、最悪だったよ。

「じゃあ、海とか？」

テラが、ポツリと言う。

「海か」

僕も、その2文字を口の中で転がした。海か。そうか。

しばし考えてから、僕は返した。

「クラゲが出ない海だったら。いつか」

テラの瞳に、輝きが宿った気がした。

いつか。

自分の口から漏れ出たその3文字に、自分でも少し驚く。僕には今クエストがある。ラスボスを倒す、それはもう決めたことだ。でも、今じゃない。その先に未来があるとして、仮にそこに、今みたいにテラがいるとして。

そんな、いつか、なら。

ざざ——。

ボールネットの支柱の、かなり高い位置に取り付けられたスピーカーから放たれたノイズ音に、顔を上げる。

「2年C組、出席番号11番カラスさん。出席番号15番テラさん。至急職員室まで来なさい。急いで来なさい！」

先生の声だった。あの冷静沈着な先生が、声を荒らげている。それが申し訳なくて、あとが大変だなと思って、それ以上に痛快で——。

顔を見合わせて、僕らは笑った。

その時。僕はずっと強張《こわば》っていた肩から力が抜けるのを感じた。クエストなんてなくても、もしかしたらこうして、ただバカをやって笑っているだけの日々でも息ができるんじゃないかと……そういう得体の知れない自信が、この胸に育っていると知り、そして思ったのだ。

今度彼女を、遊びに誘ってみよう、と。

それが――。

たったの2週間前のことだ。

4話　世界解体

1

——あなたは、私と一緒にいるべきじゃない。

テラの言葉が頭の中で渦巻いていた。

心臓が早鐘を打ち、手から汗が吹き出し、早足と言うには急ぎすぎる速度で、両足が体をひたすらに運んでいく。

僕は、動揺している。

けれどその反面、思考は気持ち悪いぐらい明晰《めいせき》に働いている。

テラはどういう理由であれ、僕を拒んだ。

拒まれたということは、僕は何かを《間違えた》のだ。

《間違え》て、《間違え》ていることに気づかずのうのうと友達ヅラをし続けて、そして……彼女に嫌われてしまったのだ。

さっきまでいたビルが、住宅街に紛れて見分けがつかなくなるぐらいの距離までようやく来る。

振り返っても、追ってくる様子もなかった。

間もなくして陽が落ちきり、空は青と紫の中間のような色になって落ち着いた。メニューに表示させた地図には、家まで直線距離であと5キロと出ている。

歩みを再開する。

テラは、どうしてあんなことを言ったんだろう。そして僕は、何がダメだったんだろう。

テラに未来がなくて、僕に未来があるって、なんなんだ。

そもそも、未来って、一体――。

不意に、頭痛が襲ってきて、僕はその場にしゃがみ込んだ。頭痛は時折くるので、しゃがんでいればいいとわかっている。しばらくそうしているうちに、辺りは完全な闇に呑《の》み込《こ》まれてしまった。

そんな僕の前に、薄い影を作る者たちがいた。

片側1車線の車道の真ん中。いつかに見た二人組が、道を塞ぐように立っていた。

犬頭の二人組。

《八咫《やた》の羽衣《はごろも》》に似た、黒に緑の蛍光ラインの入ったような装束。それに、なんと言っても、そのアヌビスっぽい被《かぶ》り物《もの》。

「なんだ。僕に用か」

「ああ、用さ。用、大有《おおあ》りさ」

向かって右の犬頭から聞こえてきたのは、少しハスキーな女性の声だった。

彼女は懐から何か長いものを取り出し、右手に掲げ持った。それは、緑色のラインの入った大鎌。

そんな長いものが服の下に収まるわけがないし、それにその異様な雰囲気から一目でわかった。

《アイテム》だ。

けれど、今までのどのクエストでもドロップした覚えのない形状だった。

だとするなら、何か？　この二人は僕よりも先を行くクエストプレイヤーとでもいうのか。

あるいは、クエスト外から持ち込まれたもの——？

犬頭は、鎌の柄をガツンと地面に突き刺すと、告げた。

「よう、東棟１０２３の坊《ぼっ》ちゃん。あたしはイド。そんで、こっちの猫背ノッポの方が」

「……シャーデンフロイデ」

鎌持ちの隣に控えるもう一人の犬頭が、のっそりとした低い男の声でそう名乗る。

「なんなんだ、お前ら。東棟？　１０２３……？」

僕は愚直に訊ねた。

正直今は、テラのことでいっぱいいっぱいだった。

すると鎌持ちは、答えた。

「あたしらは、ハルミツに雇われたホワイトハッカーだよ。ここのセキュリティがやたら堅くてね。他にも雇われたやつらはいるが、結局うち姉弟《きょうだい》しか、この世界には入れなかった」

「……」

ハルミツという名前には、なんとなく聞き覚えがあった。

だが、うまく思い出せない。

だから期待というよりはそれは確信に近かった。知らないはずがないだろうという、根拠のない確信。

僕がピンときていないことに気づいたのだろう。鎌持ちの犬頭は、犬の被り物の下で口をぬっと押し広げ、低く笑った。

「ああ、そうか。ハルミツと言っても、記憶の消しゴムを使われてる今のあんたじゃ、わからねえか」

記憶の消しゴム……？

その時、再び頭痛が襲ってきて、僕は見知らぬアパートのポストにもたれかかった。朝目覚めた時や、クエストが始まる直前など、これまでも頭痛が起こることはあった。けれど、こんなに酷《ひど》いのは初めてだった。

「ほら」

そう言って鎌持ちは空いている方の手の、指を1本ずつ折ってみせる。小指だけ残し、指切りするみたいに突き立てて、こちらに差し出してきた。

「なんのつもりだ」

僕が言うと、鎌持ちは体をぐいと寄せ、

「うちとあんたの接触面さ。触れ合いすぎるとファイアウォールを呼び起こすからな。指先《ここ》からあんたのアカウントをクラックして、《記憶の消しゴム》の効果を解く」

「僕に、なんの、メリットがある」

「拒むんだったら、腕ずくでやるまでだ」

鎌持ちは、片手でひょいと鎌を持ち上げ、振り回してみせた。いかにも鋭利そうな刃《やいば》が空気を裂く。

どうする。

メニューから武器を取り出して戦うか？　だけど今はクエスト中じゃない。

まして人間を相手にするなんて……。

何か、僕の知らないことがこの世界で起こっている気がした。そしてそれを実際に、

「いいだろう」

知らねばならないと思ったのだ。

僕は犬頭のやった通り小指を差し出した。こんなことで何か起こるとも思えないが、
今は従うしかないような気がしたのだ。

小指を触れ合わせる直前、犬頭が言った。

「おっと、その前にこれだけは伝えとかなきゃな」

犬頭は鎌の柄で、空中に長方形を描くと、僕と同じ要領でメニューらしきものを出現させる。そして、鎌を持つ方の手で器用に画面をタップした。

「雇い主様《ハルミツ》からの伝言だ」

再生されたのは録音音声だった。ざざ、というノイズから入った音声は、空気の音とマイクの擦《こす》れ合《あ》う音を響かせたのち、短く、それでいて厳かに、次のように述べた。

――遊びの時間は終わりだ、月彦《つきひこ》。戻りなさい。

2

昔々のこと。

僕はお城専門の建築家だった。

そして砂場は僕の仕事場だった。

お城ができると、僕は必ずと言っていいほど母にそれを見せた。母はいつも、前よりも上手にできたね、と言ってくれた。

そんな7歳の誕生日を迎える年の、初夏の晴れた日のこと。

いつものように砂場で、新しいお城のデザインについて考えを巡らせていた僕は、人生を変える魔法のような存在と――出会う。

邂逅《かいこう》は、一瞬だった。

最初に聞こえたのは、ごー、という低い音。音そのものは小学校の教室からも聞くことのある、ジェット機が空を駆け抜けていく時の音だ。音はどんどん大きくなり、やがて耳を塞がないと立っていられないほどになった。

そして、次の一瞬、公園全体が影に包まれた。

頭上を、何か巨大なものが通過していったのだということだけはわかった。慌てて顔を上げて、音を追う。

それは、1羽《わ》の巨大な鳥だった。

見間違いかと思った。

でも、見間違いなんかじゃない。

翼は燃えるような赤。長い尾を振り優雅に空を駆ける様は、絵本で見た不死鳥に似ている気がした。

巨鳥は建物の真上を過ぎたところで一度羽ばたき、舞い上がった。そして、ぐんぐん高度を上げていき、やがて太陽の光と同化して消えてしまった。

それは、文字通り人生を変えるほどの、トンデモない大発見だった。

すぐに家に戻って画用紙と色鉛筆を出すと、自分の部屋に籠もった。色鉛筆を走らせる僕は野望に燃えていた。この大発見を絵にできれば、普段はあまり僕に関心を持ってくれない父も、流石《さすが》に褒めてくれるはず。

赤とオレンジの色鉛筆を使い切るのに、3時間もかからなかった。

出来上がったのは、紅《あか》い巨鳥の絵。

僕はその鳥を、不思議鳥《フシギドリ》と名づけた。


「申し訳ない。遅くなった」

父の声が聞こえて、僕はテーブルから顔を上げた。

父の視線が僕に注がれる。鋭くて、冷ややかで、それでいて理知的な目。とたんに恥ずかしさが込み上げてきて掌が汗ばんだ。

さっきまでの自信が、跡形もなく消えていた。

そんな様子を察した母が、僕の肩にそっと手を置いてくれた。

僕は覚悟を決め、自室から不思議鳥の絵を持ってきて父に差し出した。

じれったそうに受け取った父は、椅子に座り、両手に持った画用紙をじいっと見つめた。

「この絵は、公園の絵か?」

僕が頷《うなず》くと、父は、こっちに来なさいと言って、僕を隣に座らせた。

そしてテーブルに広げた画用紙を吟味し、言った。

「いいか。現生する世界最大の飛行可能な鳥類は、南アメリカ大陸に生息するアンデスコンドルだ」

何の話をし始めたのか、一瞬わからなかった。

父はよくそういう喋《しゃべ》り方《かた》をした。

「翼を広げると全長は3メートルにもなる。鳥類は、羽ばたくことによって揚力《ようりょく》という力を得て、空を飛んでいる。だが、ジェット機の翼は、鳥の翼と違って羽ばたくことはない」

父の指先が画用紙の真ん中に描かれた不思議鳥を指す。

「お前の描いたこの鳥は、明らかに3メートルを超えている。もし鳥じゃないとすると、翼を羽ばたかせていることが説明できない」

それから父は、いいかい、と前置きした上で告げた。

「つまりこれは、間違っている」

まちがい。

その言葉が重く響き、鼓膜を抜けていった。

「ちょっとハルミツさん。もっと他に何か言ってあげるべきことがあるでしょ？」

横からたしなめる母に、父は渋々という感じで、絵と僕とを見比べる。

「この鳥を実際に見たのか？」

僕が頷くと、父は、ため息を挟んで言ったのだった。

「だとしたらまず、見間違いを疑うべきだ。低空飛行していたジェット機かもしれないし、このご時世だ、新開発のドローンかもしれないな。ともかく翼の赤い巨鳥など、現代の日本には存在しない」

父は、僕と目線が合うように、少し姿勢を低くした。

それからゆっくりと念を押した。

「わかったか？」

僕はあらゆる言葉を呑み込んで、はい、と一言返事をした。

その晩、なかなか眠れずトイレに起きた。足元灯だけが照らす薄暗い廊下を歩いていくと、物音がして、僕はキョロキョロと周りを見た。

片付け忘れたおもちゃの兵隊が玄関の片隅に立てかけられていて、その瞳がぎらりと不気味に輝き、ゾッとした。

「たかが子供の絵に、あんな強い言い方しなくたってよかったでしょう？　まるで怒ってるみたいだった」

母の詰《なじ》る声が、リビングの扉から薄暗い灯《あか》りと一緒に漏れ聞こえた。

「子の間違いを修正するのが、親のつとめだ」

切り捨てるように言ったのは父だった。

「それにあの絵を友達に見せて、くだらない空想に浸っているヤツだと笑われて、いじめられでもしたらどうする？」

僕は何も驚いたりしなかった。

二人の口論を聞くのは、初めてのことじゃなかったから。

「フロイトの発達段階理論に触れてもいないお前に、子供の何がわかる」

父は決して声を荒らげない。言葉はただ重たく、はっきりとした輪郭があり、そして強度があった。興奮して激しい言葉を吐いている母の方が、子供ながらに、なぜだか弱々しく思えた。

口論は長引き、足の指先が悴《かじか》んでくる。

その冷え冷えとした時間の果てに、ついに母が言う。

「もう、本当に勘弁してほしい。あなたの言い方は酷すぎる。いい。もういい。話しても意味がない」

立ち上がる音が聞こえたので、僕は慌てて自分の部屋へと引っ込んだ。ベッドに体を滑り込ませ、頭から被った布団。廊下をどたどたと歩く母の、温度のない捨《す》て台詞《ぜりふ》が、僕の記憶の奥底へと刻まれる。

「ええ、そうですね。正しいのはいつもあなたですよ」

母が家を出ていったのは、その2週間後のことだ。

それから父は週3回の飲み会を全てやめ、学会関係者とチームを作っていた週末のフットサルにも顔を出さなくなった。

父は母のしていた家事を、完璧にこなすようになった。

その日の献立は焼き魚とひじきの煮物。焼き魚は鰯《いわし》で、大根おろしとレモンが添えられていた。

鰯は苦手だった。

お腹《なか》に詰まっている黒っぽいものの、なんとも言えない苦み。食べ物が、生き物の死体であるということを思い出させる、生気のない瞳。そして火を通しても微《かす》かに残る、あのどうしようもない生臭さ。

箸の先で皮を破り、身をつついてみる。薄々無理だとわかっていたけれど、奇跡を信じて一口食べてみる。

奇跡など起きなかった。

吐き出した。

生温かいほぐし身がティッシュに染みて、唾液の湿り気が掌に伝わった。

心の底で身構え、僕は恐る恐る顔を上げた。

けれど、父は声を荒らげたりはしなかった。一瞬、悲しそうな顔を向けるだけで、箸を動かすのをやめもしない。

「ごめんなさい。あの……。怒ってますか？」

「いいや、怒ってはいない」

父は大根おろしに少しだけ卓上醤油《しょうゆ》を垂らし、レモンを絞る。それから鰯の身に大根おろしを載せて口に運ぶと、なんでもないことのように告げた。

「ただ、全部食べるまで、ご飯の時間が終わらないだけだ」

その時の、出来損ないを見るような冷ややかな視線を、僕はその先ずっと、引きずることになる。

僕は再び、じっと青魚を見下ろす。

小指の先ほどの一切れを口に含むのでさえ、難題だった。

「好き嫌いなんてみっともない。躾《しつけ》を宙子《ひろこ》に任せていたから、お前はその年になっても青魚が苦手なんだ」

どんどん温度を失っていく魚はタイムリミットで、料理が冷め切ってしまえばいよいよゲームオーバーだとわかっていた。小指ほどの身を意を決して口に運ぶ。込み上がる吐き気と嗚咽《おえつ》を堪《こら》え、ご飯をかき込む。それでもなお口の中に居座る風味を、無理やりお茶で洗い流す。

胃に溜《た》まった水がたぷたぷと揺れるのがわかった。

僕はまるで水筒だった。

けれど、父をこれ以上失望させたくない。

結局、食事の時間は午前2時まで続いた。

つらかったし、なんでこんなにうちだけ厳しいのか、という不満もあった。けれど僕は、精神科医として尊敬され、どんな質問にでも答えてくれる博学な父のことを、世界で一番かっこいいと思っていた。

中学に進学した頃から、父は自分の仕事について話すようになった。

父はよく言った。

医師は客商売だ。時に理不尽な患者にも対応しなくてはならない。そして、どんな状況であれ患者から求められるのは、《完璧な医師》であり続けること、なのだと。

失敗は許されない。

完璧であり続けることは、夢や目標ではない。

義務なのだ。

「お前は将来、私の後を継ぐ器だ。それができる人間だと信じている」

父の言う通りに僕も、将来は医者になるのだろうと、疑いなくそう信じていた。そして信じているうちは、未来は輝いているように見えた。

土日は、父と合同の勉強会になった。

銀色の巨大なクリップでまとめられた精神医学の分厚い論文を読む父の隣で、僕はよく宿題をやった。小学生の頃は成績がいいとか悪いとかの概念がなかった。満点以外の点を取ったことがなかったからだ。中学に入ってからも、こんなに簡単なテストで点を落とす人の気持ちがわからなかった。

潮目が変わったのは、中学2年の中間試験。

それまで学年トップだった僕の順位が、いきなり4位に転落した。

僕が勉強量を減らしたからではなかった。

試験をなめてかかったからでもなかった。

確かに試験の難易度が上がったというのもあるが、一番の要因は中学に入ってからの1年間、学生生活を楽しむことに意識を割いていた同級生たちが、勉強に本腰を入れ始めたからに他ならなかった。

理科のテストで93点を取った。

僕が初めて取った満点以外の答案を見て、父は静かにため息をつく。

「何が問題だったと思う？」

静かに、ゆっくりと、それでいて冷たい声で、父は訊《き》いた。

「最後の物理の問題を、解く時間がなかったのが、悪かったところだと思います」

僕は自分の息を吸うスピードがどんどん速くなっていることに、うっすらと気づいていた。

「じゃあ、どうするべきだった？」

「序盤の簡単な問題を、もっと早く潰すべきだったと思います」

父は、僕の手を引いてリビングから連れ出すと、机と椅子、デスクライト、そして小ぶりな本棚だけの置かれた、簡素な小部屋に入るように言った。

元々物置として設計された部屋らしく、鍵は外についていた。

「医師免許取得の厳しさは、こんなくだらない勉強の比ではないぞ。その前に大学受験だってある。月彦、」

父は答案を見比べ、本棚から物理の問題集を1冊引き抜くと、机の上に広げて筆記用具を並べた。

テストの最終問題の類題だった。

「問題が解けるまで、この部屋にいなさい」

すでに息が苦しかった。呼吸の速度がどんどん上がっていって、自分では止められなかった。

それでも僕は問題集に視線を落とし、シャープペンを握る。

父はいつもの、出来損ないを見るような温度のない視線だけを投げて、部屋を出ていった。鍵を、外側から閉めるガチャリという音が、今も、耳の奥底にこびりついている。

この頃からだ。

父と話す時右手が痺《しび》れるようになったのは。

3

鼓膜の内側で、爆竹が爆《は》ぜるような鋭い痛みが走り、僕はよろめいた。

少なくとも、よろめく体はそこにあった。

足元は車道で、空はほとんど闇に近い紫。暴れ出しそうな心臓を抑え込んで、思考を整理する。

「い、今のは……！」

流れ込んできたのは、膨大な量の見知らぬ男の子の記憶。父親らしき人物と、二人暮らしだった。厳しくて怖い、絶対的な、父親像。やけにくっきりと像を結ぶ、精神科医というキーワード……。

ボンヤリとした思考を裂くように、甲高いクラクションの音が響いた。

急接近するヘッドライトの光が見えて、僕は慌てて路肩へと飛び退《との》いた。走り去る車の助手席から「あぶねえだろうが！」という声が飛んでくる。

僕は困惑して周囲を見渡した。

イドとシャーデンフロイデの姿はなかった。空の色も、さっきはこんなじゃなかった。あれから、どれだけの時間が経《た》ったのか。

1分？　1時間？

その間僕はずっと、車道に立ち尽くしていたってことか……？

街ゆく人の、不審がる視線を全身に受けながら僕は、崩れるようにビルの壁にもたれかかった。

「僕の……記憶？　あの男の子が……？」

流れ込んできたのは膨大な情報量だった。砂場で遊ぶような年齢から、中学2年に至るまでの、少なくとも7年あまりの記憶。

普通に生きていたら、そんな膨大な量の情報を一気に脳に注ぎ込まれることなんて、まずない。

「僕は……」

右手を見る。

掌が、恐怖を思い出したかのように震え始める。手の震えは右半身から全身へと広がり、背筋を走る怖気《おぞけ》へと変わった。

そうか。

通じているんだ、あの記憶と、この体は。

僕はかつて、あの少年だった。

そしてあの男の子が僕自身だとするなら、ハルミツというのは——僕の父。

(くそっ。頭の痛みが、ひどすぎる)

壁に背を預けたましゃがみ込んで、立てた膝の間に顔を埋《うず》める。

頭蓋骨が割れそうなこの痛み。

何かに似ていると思ったら、そう。ハチに刺されて、アナフィラキシーをやった時の尋常じゃない苦痛と似ている。まるで体が記憶に拒絶反応を起こしているみたいな……。

仮説を立てる。

(まだ完全に、ハマってないってことか？　記憶が、体に)

イドは、僕のアカウントをクラックして、記憶の消しゴムを解くと言っていた。細かな単語の意味はわからないが、今は認めるしかなかった。僕はなんらかの技術によって、記憶を消されたのだ。

そしてその状態異常は、いまだ完全には解けきっていない。

僕は、もう一度痺れの残る右手を見下ろす。

こうなったら、記憶を、全て取り戻さなければならない。けれど完全に思い出すためには、まだ何かキッカケが足りていない。

その時。

天啓のように頭に浮かんだ言葉を、僕は手繰り寄せた。

「東棟1023……」

出会ってすぐにイドが言ったことだ。

東棟1023の坊ちゃん、と。

1023という数字だけでは、正直役立たずだった。けれど東棟という言葉は、少なくともいくつかの建物が集まった施設を示している。そして1000番台というナンバリングは、10階に割り振られた部屋番号である可能性が高い。

それに、僕の父は精神科医だ。

「病院、ってことか……？」

それは、確かな根拠もない、思いつきの推理だった。

けれど、口に出してみると奇妙なくらい違和感がない。

当てずっぽうで動くのは迂《う》闊《かつ》すぎか？　とか、朝になってからの方がいいのでは？　とか——。

胸に渦巻く逡巡《しゅんじゅん》を、いつでも突っ走るアイツが一蹴する。

「今は、考えるより動け。テラだったらきっとそうする……！」

自分を知るのは恐ろしい。

知らないままでいるのは、もっと恐ろしい。


思えば、僕はこの街で病院にかかった覚えがない。

いかにもワンダーの出現場所になりそうなくせに、クエスト地点になった記憶もなかった。

空は完全に漆黒に染まっている。この時間で開いているのは救急外来ぐらいだろう、という常識をかなぐり捨てて、僕は最寄りの病院へと走った。

その病院は、僕の知る限り街唯一の総合病院であり、確かに10階以上はありそうな建物を、同一敷地内に少なくとも3棟持っていた。

僕はメニューから魔除《まよ》けのバット《奇器怪壊《ききかいかい》》を呼び出し、敷地内に忍び込んだ。

クエスト外で呼び出したアイテムに特殊効果は働かないが、今は、硬くて振り回せるものであれば十分だった。

巡回する守衛の目を潜《くぐ》り抜《ぬ》け、裏口の施錠をバットで叩き壊し、中に侵入する。メニューの明かりを頼りに館内表示を確認し、東棟への経路を把握した。

非常口の表示だけがぼんやりと照らすエントランスは静まり返っていて、どことなく冷たい雰囲気が漂う。

肝試し以外で夜の病院に侵入するなんてこと、あるんだな。

というか、普通に怖い。

エレベーターは動いていなかった。それに、今更なことだが、クエスト外でする露骨な不法侵入は良心が咎《とが》める。

けれどこの、階段を1段上がるごとに高まっていく胸騒ぎが、目的地を示す羅針盤のようだった。

そうして僕は、その病室の前に来る。

「東棟、1023号室。本当に、あったのか――」

10階のエレベーターホールに書かれていたのは『精神一般』という文字。

それが意味するところは、精神科一般病棟。

身構えていたから、それほど驚きはなかった。

環状の通路とその外周を固める病室の中心で、光を放つナースステーション。入院病棟なのだ、夜勤の看護師がいて然《しか》るべきなのに全くと言っていいほど人影はない。

それがまた根拠のない確信を裏付ける。

「ここに、父《ハルミツ》に関係する何かがあるのか？　それとも――」

どのみちここに来たのもダメもとだ。僕は取っ手を握り、分厚い遮音性の引き戸を、ひと思いに開けた。

びゅう、と、一陣の風がケープの裾を揺らした。見ると、開け放たれた窓から吹き込む風が、カーテンを躍らせていた。

誰もいない。

心音を強調するかのような、無音。

それならばなぜ窓が開いている？

僕はベッドへと意識を移す。真っ白な清潔そうな寝具が奇妙な形に盛り上がっている。

僕は恐る恐るベッドへと近づいた。

その時。

視線を感じて振り返った。

開けっぱなしの引き戸から見える人気のない廊下。窓の外の他人事《ひとごと》のような夜景。

動くものといえばカーテンのみ。

それでも、確かに視線を感じるのだった。

「テラ……？」

名を呼んでみる。

呼んでみて、違う、とわかった。

記憶はまだ戻らない。けれどなぜだかはっきりと、これはテラの視線じゃないとわかる。テラは、こんな目で僕を見なかった。

そうだ。

これは背中に突き刺さって脊椎を穿《うが》つ、刃の視線だった。

聞こえてくるのは嘲笑、ヒソヒソとした噂話《うわさばなし》。僕のことを、下等な生き物のように見下す、無数の恐ろしい瞳。

まさか、これは……

僕の、心を殺した……視線……？

掛け布団をひっぺがした。

そこにあったのは、奇妙な物体だった。一言で言い表すならば、ほとんど全体が鉄でできたミシンのような機械。ずしりとした鉄の台座とコの字形の支柱、そして支柱から下に向かって据え付けられた細長いノコギリのようなもの。

けれど、異様に思えるその物体を一目見ただけで、これこそが、記憶の消しゴムを解く鍵なのだとわかった。

この世界で使ったことがない道具であるはずなのに、僕はそれが何かを、はっきりと知っている。

「これは、この道具は……糸ノコギリだ」

まるで覚えがない。

カラスはこれを知らない。

けれど体はこれを知っている。

天島《あまじま》月彦はこの道具の使い方も、それにまつわる出来事も、ちゃんと覚えている。

僕はそして、その冷たい鉄の道具へと——記憶の奥底へと、手を伸ばす。

4

おがくずの埃《ほこり》っぽさと塗料の匂いが充満する技術室には、角が削れて丸くなったボロボロの木の作業机が5、6台ほど置かれていて、教室に入るとすぐ技術の先生がやたらと大きな声で告げた。

「各自1台糸ノコ盤を取って、どの作業机でも自由に使ってください」

僕はしばらく、ぞろぞろと指示に従うクラスメイトたちの動きに気を配っていた。机は、糸ノコ盤が置かれた道具倉庫に近いものから順に埋まっていく。

僕は糸ノコ盤を取ってきて、一番離れた机に置いた。

授業の内容は、木彫りを作ることだった。

頭の中にあるのは、これだというただ一つの完璧な図面と、その完成予想図。けれど僕はここ数年で学んでいた。

これだという作品を作ったところで、評価にはつながらない。

先生のプライドを傷つけず、かつクラスメイトよりも少しだけ勝る作品に仕上げること、これこそが実習でのキモになるのだ。

糸ノコ盤の台座に載せた厚さ15ミリの木の板を、下描きの線に沿って切り出している時だった。作業机にどん、と衝撃が走り、僕は目をやった。

占有していたはずの机に、もう一つ、置かれた糸ノコ盤。

揺れるツインテールの横顔が見え、僕は思った。他人の使う糸ノコ盤の振動を避けて、わざわざ一番遠い机で作業していたっていうのに……僕以外にも偏屈なやつがいるもんだ。

僕はその女子の名前さえ知らない。

面倒だなと思った。

けれど席の選択の自由は誰にでもある。咎める道理がないので、板に視線を落として作業を再開する。

けれど、それからも僕は快適に作業を行うことができた。一向に、隣から振動が伝わってくることはなかったのだ。

「キミ、真面目にやってんだね」

しばらくして、そう声が聞こえ、僕は再び一瞥《いちべつ》をくれた。

例のツインテールの女子が、大きな黒い瞳を見開いて、こっちを見ていた。

彼女は糸ノコ盤の電源を入れていなかった。それどころか、下描きすら描いていない板をうちわのように使って、結わえた黒い髪をばさばさと扇《あお》いでいた。

「てかさ、暑くないこの部屋？　クーラー代ケチってんのかなあ。こっちの方がまだ涼しいかも。倉庫に近い机はセンセーの見回りも厳しいから、移ってきて良かったわ。

あー、でも、邪魔だったら言ってね？　みんなの方戻るからさ」

「いいよ、席は自由だし」

最低限の言葉で返し、僕は板に視線を戻して作業を再開した。

そのまま黙々と板を切り出していると、またもや、その声がもっと近い位置から発せられた。

「ねえ」

見ると、その女子は僕の椅子の横にしゃがみ込んでいた。

上目遣いのその視線と、僕の困惑しきった視線が、床から70センチ上の空間で交錯した。

「このご時世3Dプリンターとかもあるのにさ。こんなことするのって、馬鹿げてると思わない？」

糸ノコ盤のスイッチを切り、僕は椅子を引いて女の子から距離を取る。

少し考えてから答えた。

「《ものづくり大国日本再興のための12方針第7項、ものづくりとまなびについての有機的アジェンダ》」

唖然《あぜん》としてこちらを見つめる女の子に、僕は補足をしてあげた。

「一昨年《おととし》、内閣に提出された意見書」

全くピンときていない様子の女子は、首を傾け、言った。

「え。うん。つまり？」

「つまり……」

僕はしばし頭の中で言葉を吟味した。どうやったらこの女子に伝わるだろう。この、僕と同じ知識量を持っているようにはとうてい見えないこの女子に。

そんなことを考えたのは、生まれて初めてのことだった。

そうして、真っ当に頭を捻《ひね》って、僕は答えた。

「つまり……文句言っても仕方ない、ってこと」

スイッチを入れる。激しい振動と共に下描き線を進んでいく糸ノコが、切り始めの地点と繋《つな》がり、パキン、と音を立てる。糸ノコを外して、切り出した木片を取り出す。

「すごい」

水風船が弾《はじ》けるような一声だった。

「いちいちそんなめんどくさいこと考えて生きてるんだね！」

僕は驚いた。

彼女が本気で驚いていることに驚いた。

彼女の発言は、嫌みじゃなかった。全然。それが衝撃的で、新鮮な気がして、その風通しが良すぎる感じが、どこか恐ろしくもあって。

けれど、不思議と嫌じゃない。

「うん。……悪い？」

「いいと思う。めっちゃ面白いよキミ」

サムズアップを作った女子は、跳ねるように立ち上がって自分の椅子を僕の横に引っ張ってくると、どっかりと腰を下ろして告げた。

「天島月彦くん、でしょ。多分覚えてくれてないと思うから言っとくと、私の名前はね――」

それが玉依日向《たまよりひなた》との出会いだった。


それから日向とたまに話すようになった。

話題を振ってくるのは決まって彼女からで、僕は受け答えをしているに過ぎなかったし、彼女の話に真面目に答えると、大体笑いが返ってきて最初はムッとしていたけれど、少し経つと気にならなくなった。

僕の塾がない日には、一緒に帰るようにもなった。それまで単語帳の暗記時間だった学校から駅までの15分は、日向のせいで冒険に変わった。

ある日、いつもと違うルートで帰ったことがあった。その道は、学校が避けることを推奨している道で、日向はそういう場所ばっかりに心惹《ひ》かれるようだった。

細く入り組んだ小路《こうじ》を歩いていくと、こぢんまりとした西洋風の庭があって、そこに1匹の番犬が眠っているのが見えた。垂れ耳のシェパードだった。

教師が避けるように言っていたのはこれのことか……。

さっさと通り過ぎようとした僕の隣で、あろうことか日向が犬の鳴《な》き真似《まね》をしたのである。

日向には、日常に非日常を呼び込む才能があった。

犬のリードが信じられないぐらい長かったせいで、僕らは数十メートル追いかけられる羽目になった。なんとか逃げ延びた先で日向は、死んだような目をする僕に、楽しかったね、と言った。玉依日向はそういう女の子だった。

それでも、日向にも無限の会話の引き出しがあるわけではなかった。彼女が話に詰まると、決まって流れ着く話題があった。

「今日も、ぜんっぜんいいアイデア浮かばんかったわ」

背もたれに体重をかけて、日向は椅子の前の脚を床から浮かせた。

放課後の教室だった。

まばらに残る生徒も、帰り支度か、部活の準備を始めていて、復習のためにノートを開いているのは僕ぐらいだった。

ギィコ、ギィコ、と不穏な音を立てて揺れる日向は、小指でつつけば倒れてしまいそうなのに、驚くほど安定している。

「そろそろ決めないとヤバいんだよなぁ。じー……」

言いつつ、熱っぽい視線でこちらを見つめてくる日向。

「技術はしっかり勉強してる科目じゃないから。先生に訊いた方がいいよ」

僕はもう何度目かの似たような答えを返す。

「そういうんじゃないんだよなあ」

それも、この1週間で何度か聞いたため息のはずだった。それらは全部同じため息だったはずだった。でも、なぜだろう。

その時は、こう答えてしまった。

「どんなのが作りたいの？」

聞くが早いか、日向は椅子の前脚を下ろすと、目を輝かせて、ええとね、と説明を始めた。

勉強を教えてくれと言われる方がずっとマシだった。技術の授業なんて本来、真面目にやるだけ無駄な『捨て科目』なのだから。

説明を聞き終わる頃にはもう教室に僕ら以外の生徒はいなかった。

ありがとう、と快活に言って丁寧に頭を下げる日向に、僕は引き気味に返した。

「いや、別に。感謝されるようなことはしてないよ」

「謙遜家だなあ」

音符が浮かぶぐらい楽しそうに、日向が言う。

でも、僕みたいなやつと喋って、一体どこが楽しいのか。

「月彦くんってさ、結構いつも一人だよね」

驚くべきことに、そんな発言でさえ、嫌みな感じは一切なかった。

僕は一瞬、なんと返そうかためらった。

「あ、いや。ごめん！　言い方悪かった。そういう意味じゃなくて——」

「一人だよ」

重ねるようにして僕は言った。

日向に悪意がないことは、とっくにわかっている。

だからこそ、いっそ清々《すがすが》しい。

もうどれぐらい前になるだろう。父に、手の痺れのことを話したことがあった。父は何も言わずに僕を書斎に連れていき、幾列にも立ち並ぶ本棚を見渡してこう言った。

——ここにあるもの全て使っていい。

それがどういう意味か本気でわからなかったから、僕は恐る恐る訊ね返した。

——どういうこと……？

父は、そんなことを言わせるなとばかりにため息をつき、答えた。

——自分で調べて、自分で治しなさい。

確かに僕は、孤独だ。唯一の話し相手だった父とろくに話すこともできなくなって、今や学校でも家でも、一人きりだ。

だけど、それがなんだというんだ。

友達とつるめば、いつも間違いのない選択ができるとでもいうのか？　悩みを話せば、自分の代わりに決断してくれるとでもいうのか？

冗談じゃない。

「だって、誰も、自分の辛《つら》さを代わってくれはしないだろ。他人に頼っても、寄りかかっても、どうしようもないじゃないか」

そんなことないよ、と。

あなたを助けてくれる人は、きっといるよ、と──。

もう一歩進む勇気があれば、僕は、そう言ってほしいということを認められていたのかもしれない。

そんな僕の小さな後悔に気づくこともなく、日向は口を平たく押し広げて、えー、と言う。

「私は月彦くんが頼ってくれたら嬉しいけどなあ」

日向は両手を机に打ち付け、勢いよく立ち上がる。

そして高らかに言った。

「決めた」

何のこと、と首を傾《かし》げる僕へ、彼女は自信満々に答えた。

「木彫りの図面に決まってんじゃん！」

5

技術の時間に、日向が隣に座ってくることがなくなった。

それどころか僕が様子を見に行っても、彼女は友達とつるんでいるらしく、課題の進捗状況を決して見せようとしない。彼女は頑《かたく》なだった。

そんなことが何度かあって、僕は彼女の作業台を覗きに行くのをやめた。

僕の方は、とっくに研磨の工程に入っていた。

僕が作っているのはなんてことのない、イルカの置物だ。ヌルヌルとした海の生き物全般には苦手意識があったが、哺乳類のイルカにだけは愛着が持てた。

15ミリの厚みの板からではそこまで複雑な形のものは切り出せない。反り具合をうまく抑えた、少しだけ体を捻ったような姿勢のイルカの、ヒレやら尖《とが》った頭やらにヤスリを当てていく。

そこから待っているのは、色付けの作業。だがこれも1時間でこなし、僕はその日中に、課題作品の提出を終えた。

もう、技術室の外でも話しかけて欲しくないということだろうか。それならそれで、言っておいて欲しかった。そうと言っておいてくれたなら、少なくとも、こんなに早足で技術室を出なくたってよかったのに。

「ねえ」

廊下の角まで来た時、背後から声をかけられた。

振り向くと、日向が、両手を背中の後ろに隠すようにして立っていた。

「こっちきて」

僕は首を傾げ、なるべく声を小さく抑えて言った。

「話しかけてもらいたくないんじゃないの？」

「は？」

日向は一瞬口をあんぐりと開けて、それからニヤリと表情を崩した。

「あー、そっか。月彦くんからはそう見えたんだ。ごめんごめん、そんなことない。意外に、繊細なんだね」

いまだに懐疑的な視線を向ける僕に、いいからほらちょっときて、と日向が続けざまに言う。

彼女は輪投げのように僕の首へ、何か輪っか状のものを引っ掛けた。それは百均で買えるような革紐《かわひも》だった。革紐の先には、三日月の形をした木彫りのペンダントトップが付けられている。

「これは……」

僕はその半端な三日月を手に取った。研磨が足りていないので表面がぼこぼことしており、色付けもまだなので木材の色みがそのまま残っている。

不恰好《ぶかっこう》な、月。

「月彦くんのこと見てたらアイデアが湧いてきたってわけ。でもサプライズにしたくて、見せたくなかったんだよね。結局途中でこうして見せちゃってるけど」

照れくさそうに言う日向。

確かにこれではまだ完成にはほど遠い。このままでは、あの職人気質の技術の先生は評価3もつけてはくれないだろう。

「もしかして距離置かれたと思って、不安になった？」

首を傾けて訊ねてくる日向。僕は顔を逸らして、別に、と答える。

「とか言ってさ〜、ちょっとぐらいは不安だったでしょ？」

「だから別にそんなこと――」

「はいはい！　もういいです！」

そう言って、彼女は強引に会話を引き取った。

まだまだ喉の奥には反論がたくさんつかえていたが、それらが言葉になる機会は彼女の笑顔によって奪われた。

笑い声が、廊下に響いた。

嫌みな感じの少しもない、晴れた日の微風《そよかぜ》のような笑いだった。

安心した、なんてことあるはずない。最初から何も期待しちゃいない。人間は結局一人で生まれて、死ぬ時も一人、自分を救える人間は自分しかいない。

そのはずなのに。

なぜだろう。僕は、ペンダントの革紐を強く握りしめていた。

「そんなに気に入ってくれたなら、今日はつけて帰っていいよ」

いや、いやいや、ちょっと待て。こんな中途半端なものを今渡されたって、どうしろっていうんだ……。

けれど日向はいつも通り、僕の困惑など気にも留めない。

「明日返して」

それだけ告げ、彼女は踵《きびす》を返して立ち去った。

4限終わりの鐘が鳴るのと同時に教室を出ていった日向は、あと10分で昼休みが終わろうという今になっても戻ってきていない。

思えば日向と昼休みに会話したことはほとんどなかった。

いつかに聞かされた話によると、昼休みはいつも他のクラスの女友達と一緒に過ごしているらしい。場所も決まっていて、管理の甘い教師から鍵を借りて、1階上の空き教室でたむろしているのだという。

僕は席を立ち、廊下に出る。

ポケットの中にはあの未完成の木彫りの三日月があった。

彼女の他に教室に話せるヤツがおらず、することがなかった——というのは都合のいい言い訳なのだと、僕はわかっていた。そもそも、返すチャンスなら朝礼前から授業の合間の休み時間まで、いくらでもあったのだ。

だからそう。

白状すればその時僕は、ただ会いに行きたいと思ったのだ。

日向がクラスまで戻る間の5分だけでよかった。今一言でも交わすことができれば、これからの2時間の授業の間、感じる苦痛が減るんじゃないかと思った。

階段を上って、上級生が行き来する廊下を進んで、空き教室の前に立つ。僕の頭はすぐに、この場所を通りかかったもっともらしい理由を考え始める。

けれど——。

ドアに手をかけようとした僕の耳に、その声は飛び込んできた。

「名前、なんて言うんだっけ。あのCクラのお坊ちゃん」

「月彦くん？」

続くその言葉に、僕は息をひそめ、そっと背中を壁に付けた。日向の声だった。

あたかも人でも待っているかのように装いながら、アンテナを張るように耳をそばだてる。

「いや、最近日向よく会ってんじゃん」

友達らしい女子が、合間にチップスを齧《かじ》る音を交えながら日向にそう話を振った。

「いい子だよ」

日向のこの答えに、先ほどの間とはまたどこか違う、奇妙な沈黙がよぎったのがわかった。

別の女子が、けらけらと笑いながらからかうように言った。

「いい子って、軽くディスってんじゃん」

「ディスってないって。本当にいい子なんだもん。ただ、別にまだ、そこまで仲いいってほどでもないよ」

「えー。何もないの？　なんか面白いエピソードあってくれ〜！」

「技術の課題いっしょに作ったり」

「何それ。おもんな。うちらはもっと過激なものを欲してる」

「だって、そういう話しかしないし」

「お坊ちゃんと二人でつるんでやることとか？　目を覚ませ日向、うちらの青春は長くねーぞ」

別に、ショックを受けているわけじゃない。まだそれほど仲がいいというわけじゃないことも、たいして面白い話をできていないということも、知っている。

知っていても、めまいがした。そこで喋っているのが本当に日向かどうか、この目で確かめたくてたまらない。

そんなやりとりが少し続いて、やがて、女子の一人が言った。

「ああー、そっか。日向の家って、お父さんが精神科医だったっけ」

わからなかった。

何が『そっか』なのか。何に納得したのか。

日向の父が精神科医だということも、初耳だった。

「やっぱあるんだね、そういうの。仲良くしとかなきゃいけない、みたいな？　ったく大人が子供を、政治に使うなっつーの」

さっきと同じ女の子の声が言う。

僕は耳を疑った。なんて邪悪なことを言うんだこの女子は。思えばさっきから口調の端々に、日向に対するうっすらとした敵意のようなものが滲《にじ》んでいる。女子は友達同士であっても、微妙なライバル関係に置かれていると、誰かが言っていたっけ。思えば記憶の中の母も、近所の主婦との付き合いには気を使っていた。

だから、僕は思った。

これが女の子が日常的に普通にする会話なのだと。

日向に限ってそんなこと、肯定するはずがないと。

「はは」

軽く笑った日向の、キッパリとした否定を心待ちにしていた僕に下された審判。

「まあ、そんな感じかな」

なんで、と言葉が口をついて出て、ついでに体も勝手に動いていた。完全に衝動的な行動だったかと問われると、多分それも違う。

僕は日向がそこにいないことを確認したかったのだ。

その瞬間。

僕が一身に浴びたのは、女子たちの冷ややかな視線と、日向の、慌てふためいた表情だった。

その時初めて、学校で、痺れを感じた。

右手から疼《うず》き出《だ》した痺れは急速に広がり、すぐさま右半身の全体を覆った。うまく笑えなかった。

僕は自由の利く顔の左半分だけを使って、何とか笑顔を作ろうとした。

女子たちの視線が、明らかに軽蔑のそれに変わる。

逃げる以外の何が、僕にできたろう。

「月彦くん待って！」

追《お》い縋《すが》る声を振り切って、僕は走った。

いや、走れていたかどうかさえ定かではない。

すでにその時から床を這《は》っていたのかもしれない。教室にたどり着く頃には僕の目線は芋虫のように低くなっていて、右半身の感覚がなかった。

誰も責めるつもりはない。

これは全て僕の責任だ。

誰も声を荒らげたりしなかった。

ただ下等な生き物を見るように、僕を見下す。

その視線にはどこか見覚えがあった。悪い成績を取ってしまった僕に対して父が向ける、あの出来損ないを見るような冷たい視線だ。

その時僕は、やっと自分が失敗作以外の何物でもないのだとわかった。

救急車が来たのはその20分後のことだった。

6

父の病院の精神科病棟で、入院生活が始まった。

大人数の人間に囲まれると発作が起こるので、個室があてがわれた。自力ではほとんど立ち上がることができないため、理学療法士もつくことになった。

流石に父が直接回診に来ることはなかったけれど、精神科の医師は全員父の息がかかった人間だったので、息苦しさが和らぐことはない。

まるで監獄だった。

父が、僕を、正しい人間に矯正するために拵《こしら》えた寒々しい檻《おり》。

そんな中で、僕は一人の人間と出会う。

「やあ。俺の名前は戸邊《とべ》って言います。よろしくねぇ」

紺に、紫のインナーカラーの入った髪の毛。片耳にはピアスが光り、無精髭《ぶしょうひげ》を蓄えた30手前の男。そのカウンセラーは……飲み会帰りの大学生みたいに、へんに軽い雰囲気を纏《まと》っていた。

戸邊は折り畳み椅子を開くと、ベッドの横に置いてどっかりと腰を下ろし、言った。

「君、院長の息子らしいじゃん。へへへ。ぜひ仲良くしたいもんだねえ。口添えしてもらって、俺の給料も上げてくんないかな。ちょっとでいいから」

な、なんだこいつは！

というのが嘘偽《うそいつわ》りない第一印象だった。

今までも、僕が院長の息子だということを意識しているスタッフは、大勢いた。しかしそれは態度が恭しくなったり、おべっかを使うなど、そういう方向性での話。

こんなにストレートに権力におもねってくるやつがいるとは……！

「それ、僕に話してどうこうなる問題だと思いますか」

僕は戸邊を睨みつけながら、つとめて冷静に言い返した。

すると戸邊は肩をすくめ、

「へへ。冗談に決まってるでしょうが」

そう言ってスマートフォンを膝の上に置くと、以後何も話してこなくなった。

1023号室にはアナログ時計の秒針の音と、戸邊のスマホから発せられる謎のメロディーだけが響いていた。

ほとんど何も喋らないまま、1時間が経った。

戸邊は椅子を畳むと、

「じゃあ、時間だから俺帰るわ。また来週ね」

と言って、颯爽《さっそう》と帰っていった。

それは僕が生まれて初めて見る、不真面目な医療従事者だった。


ある昼下がりにやってきた戸邊は、病屋に入るが早いかスマホを取り出し、折り畳み椅子に座ることとさえせず、壁に背をもたれさせてスマホを見始めた。

「職務怠慢じゃないですか」

流石に目に余ると思って、僕はそうボソリと抗議する。

「そう?」

スマホのアプリを閉じて椅子を持ってくると戸邊は、

「でも、喋りたいと思ってない人に無理やり喋らせるのも、どうかと思うんだよな」

と答える。

「カウンセラーがそれ言いますか」

「え、ダメ？ 免停？」

へへへ、と笑うと、戸邊は椅子から身を乗り出し、ベッドの転落防止柵に手をかける。

「まあでも俺、お医者サマじゃないし。下っぱだからねえ」

確かに、今まで来たどのカウンセラーも、医師よりも立場が弱いように見えた。

実際はそんなことないのかもしれないが、僕が院長の息子であるということが、どうしてもネックなのだろう。

ただ、そんなことを言う割に戸邊は、僕が父に職務怠慢を告げ口するとは思っていないようだが。

「あ、そうだ。君さ、ゲームとか好き？」

戸邊は閃《ひらめ》いたというように言った。

「そんな漠然とした訊ね方されても」

ゲームと言ったって、色々ある。デジタルゲームにボードゲーム、意味を広げればスポーツだってゲームに含まれる。

「ほらよ」

痺れを切らしたように、戸邊がスマホを投げてきた。

相変わらずどうかしている。患者に向かってモノを投げることもそうだが、私物のスマホを他人に見せるなんて……。

猜疑心《さいぎしん》たっぷりに手に取ると、そこには見知らぬゲームの待機画面があった。

「プロジェクトワンダーフェス？」

「そうそう、いわゆる音ゲー。入院生活って暇だと思うし、布教布教」

そうか。

戸邊が、勤務時間中に熱中しているゲームはこれだったのか。

「——っていうのは建前で、本当は友達招待で貰《もら》えるアイテムがほしいだけなんだけどね」

戸邊が、下品さを隠さずに笑う。

僕はため息をついて言った。

「大人のくせに、意地汚いですね」

「君は俺みたいに汚い大人になるなよ」

僕は充電器に差してあるスマホを、チラリと横目で見た。最近はもう、実況動画とまとめサイトを見る以外にほとんど使っていない。

戸邊が言った。

「ゲームっていいじゃん。何度失敗してもやり直せる」

「現実は失敗したら終わりですからね」

現実で失敗して、このざまだ。

僕は心の中で自嘲した。

「違う、そういう意味じゃない。でも……。まーいいや。これ話し出すと、カウンセリングみたいになっちゃうし」

「いやカウンセラーだろ、あんた」

僕は笑いこそしなかった。表情筋はいまだに硬く、僕の体は閉じている。けれど、心の中では、やっぱり少しは笑えていたんだと思う。

戸邊が帰ってからそれほど時間が経たないうちに、僕はプロジェクトワンダーフェスをスマホにインストールしていた。

入院生活が始まって半年。

お見舞いに来てくれていたクラスメイトが、ぱったりと来なくなる。日向だけは依然来ようとしてくれていたらしいが、看護師に頼んで断ってもらっていた。そういえばもうすぐ年が変わるのかと、冬支度を整えた病院敷地内の木々を遠い目で眺める。カーテンを閉めた。

その半年後には、先生も来なくなった。三年に持ち上がって、受験がいよいよ本番に入ったからだろう。

温度を一定に保たれている病棟内には季節が入り込まない。二度目の冬が近づいてきたことを、タレントが鍋を食べるようになったことで知った。

このまま一生病院で生きるのだろうか。そんな思いが湧き上がってつらくなるけれど、全部乾いた冷笑が流し去った。

所詮は自分が失敗作なのだと思うと、少し気が楽だった。

それでも滝沢だけは通い続けていた。

そりゃもちろん仕事だから、というのはわかっている。けれど最近は、父とさえ対面で話していない。いくら仕事とはいえ、僕のような出来損ないと会い続けるのは、さぞ苦痛だろう。

そうして気がつくと、あっという間に1年が経っていた。

「なあ、月彦くん。今日は大事な話があるんだ」

戸邊が急に改まった顔で、そんなことを言った。

「なんですか。どうせワンフェスのピックアップガチャの話とかでしょ」

「うーんそれも悩ましいんだけど」

戸邊はポリポリと頭を掻《か》くと、

「最新の治療を受けてみないか」

そう言って、クリアファイルに挟まった何枚かの資料をベッドの上に置いた。

そこには次のような文字列があった。

「トラウマ可視化療法……？」

「意識をトランス状態にし、仮想医療空間《ケアバース》上で行う最新の治療法だ。技術自体は1年前から存在していたけど、日本ではまだあまり広まっていない。つまりは実験医療。言ってしまえば、壮大なVRゲームってところだ」

今の君にはおあつらえ向きだろ？　と戸邊が付け加える。

僕はハッとして、ベッド脇に埋もれていたスマホへと視線を落とす。

ワンフェスに出会うまで、ろくにゲームをしたことがなかった。現実以外の世界に意味なんてないと思ってたし、ゲームなんてものは子供のやるものだと思ってきた。

それが今や、月間ランキングの上位に食い込むまでになった。

「僕のゲームへの先入観をなくすために、ワンフェスを勧めたんですか……？」

「へへへ。どうだろうね」

戸邊はいつもの下品な笑いを湛《たた》えると、最後に真剣な表情になる。

「まあ、考えといてよ。来週までに」


確かに戸邊は来週までにと言った。

が、ことが動いたのは翌日だった。

それは昼食の配膳中のことだった。配膳用のカートに紛れて、1台の台車が病室に運び込まれた。台車には心電図のような機械と、コードの繋がったヘルメットのような装置、それに先端に吸盤のついたケーブルが十数本載っていた。

来週までって言ったじゃないですか、と至極真っ当な抗議をする僕に、戸邊は悪びれもせず次のように言ってのけた。

「業者と会っているところを、先日、院長の部下に見られちゃってさ。まあ1週間早いも遅いもそんな変わらないって」

早速戸邊は準備に取り掛かった。

顔には微かな焦りの色があった。

「でも、ダメですよ。そんなこと父が許すはずがない」

父は、僕の主治医ではない。けれど父は、この病院の全権を握っているのだ。

自分の息のかかった精神科医を僕の主治医につけることで、間接的に僕の治療方針を決めている。

カウンセラーにVR療法をやめさせる権限があるかどうか以前に、父は自分の手で僕を治すことを絶対に諦めたりしない。

テキパキと手を動かしながら、しかし戸邊はあっけらかんと言う。

「だろうね」

「えっ」

「だからこれ、無許可なんだよな」

心電図のような装置をベッド脇に設置し終えると、戸邊は装置の画面を見ながら操作を始めた。

真剣に画面を見つめる瞳に、青白い光が差した。

「はぁ……!?」

僕は声を上げた。

「こんなことして、どうなるかわかってるんですか」

「クビ」

戸邊は舌をべろりと出して、親指で首を掻っ切るジェスチャーをする。

「海外での実績はある。日本の制度が間に合っていないんだ。去年施行された新成人法で君は、この治療に自分の意思で参加表明《アサイン》できるようになった。法的に、自分の治療方針を選ぶことができるんだよ」

「そういうことを言ってるんじゃない！」

自分でも驚くくらいに、大きな声が出た。

大声を出せば周囲に異変を知らしめるということにさえ、その時は、気が回らなかったのだ。

「クビになるリスクを負ってまで、なんで僕のことを助けようとするんだよ！　あんたは……結局他人じゃないか！」

だからせめて叫んだ。

弱りきった横隔膜で出せる最大の声量で。所詮はカウンセラーと患者。そんなのは友達以下の関係だ。

「ああ、他人だよ。他人ってことが大事なんだ」

戸邊はためらいなく言い切った。

「親が強い権力を持っている場合、子供には選択肢が与えられない。いくら医師として優秀であっても、親として優秀とは限らないのにな。だから必要なんだよ。選択肢を示すためには、俺みたいな他人の力が。君の世界は決して、親子の閉じた世界だけじゃないんだ」

「僕はもう人を信じることはやめたんだ！　あんたのことだって……！」

「信じてもらいたいわけじゃない」

今すぐ準備をやめさせたかった。

けれど四肢が言うことを聞かない。もどかしい。

自由に動かない体がこんなにもどかしいのだと、初めて思い知る。

「天島先生みたいなタイプの親を持つ子を、俺は他にも見てきたんだ。そして、そういう子がたどる末路は時に悲惨だった。君には関係ないことか？　だが一つだけ言わせてくれ……いや言わせろ。俺はもう、患者の葬儀に出るのはごめんなんだ」

額に汗を浮かべる戸邊の、けれど、言葉にだけは迷いがない。

「だから結局、これは俺のエゴだ。俺はただ君に未来を、見せたいだけなんだ」

配膳台が通る音に紛れて、看護師たちのざわめきが扉越しに聞こえ始める。

まもなくして、病室のドアがノックされた。

「早速バレたらしいな」

手を動かしながらそう言いつつ、顔にはまだ余裕を保っている戸邊。

何が、バレた、だよ。

いい歳《とし》した大人が！

組織の中でそんなことやって、ただで済むわけがない！

「いいかい。このヘッドセットをつければ、そこにはこの街とそっくりの世界が広がっているはずだ。それは、君の記憶から抽出した仮想空間だ。だけど君は《記憶の消しゴム》の作用でエピソード記憶を、つまり知識以外の記憶をおおかた忘れる。いわば仮想世界の住人になるんだ」

ガチャン。何かのプラグに、ジャックが差し込まれるような音が聞こえた。

戸邊は、銀のケースからヘルメット状の装置を取り出す。

「ケアバース治療は一旦始まってしまえば、君自身の意思で中断する以外に、システムを外部から畳むことはできない。ただ――」

戸邊の視線が、機械と扉とを何度も行き来する。

「中断はできずとも、天島先生なら、ケアバースにハッキングして、内部から強制終了するぐらいはするだろう。正直、時間的猶予がどれくらいあるかもわからない」

戸邊はヘルメット状の装置を僕の頭に被せ、そしてじっとこちらを見つめた。

「それでも俺は君に、また笑えるようになって欲しい」

その表情で少なくとも、この人が本気だということだけはわかった。

この人は本気で、自分の身を顧みず僕を救おうとしている。

馬鹿げてる。

「もしやるなら、今、意思表示をくれ。声紋署名は有効だ」

馬鹿げている、けれど――。

開けますよ、という少し強めの声が扉の向こうから聞こえ、次の瞬間には扉が開かれていた。

戸邊はまだ僕の目を見ていた。

僕の意思表示を待っていた。

その時僕は、別に何かに期待して、それを選択したわけじゃない。

ただ、職を捨てる覚悟を見せた戸邊に対して何も応えないというのは、人間として
やっちゃダメなことであるような気がしたのだ。

——天島月彦　社会保障番号3390#23183939

最後に見えたのは、顔面を蒼白《そうはく》にする看護師と、戸邊の下品な、いや下品ではあるけれど同時に少しだけ心強い、あの笑い。

「あばよ月彦くん。未来で待ってる」

そうして僕は、世界へ発《た》った。

7

目を開けると、そこにはツインタワー天島の見知った天井があった。

長い夢を見たような気分だった。

実際に眠っていたのだから、夢は見ていたのだと思う。けれどこの世界で見てきた夢と、ついさっきまで見ていた夢では、その質も意味合いも全く違う。

裏の裏が表であるように、夢の世界で見た夢は、現実の記憶。

分かたれた二つの破片がぴたりと合わさり、今心の中に一つの自分があることがはっきりとわかった。

僕は、天島月彦。

カラスとは、その、プレイヤーネームなのだ。

あの病室で、僕は再び記憶の門を叩いた。

おそらく、脳の処理が追いつかなかったのだろう。朦朧《もうろう》としたまま帰宅し、帰宅するなりすぐ眠った。

今は14時だから、18時間ぶっ通しで眠っていたということになる。

いまだに頭の中をどんよりと覆うもや。このうっすらとする頭痛が、戸邊の言っていた『意識をトランス状態にする』ということ、あるいは犬頭の言っていた『記憶の消しゴム』の名残なのか——。

僕はいっぱしに目やにに塗《まみ》れたまなじりを擦って、部屋を見渡す。

この世界は、ケアバース。

サーバー上に存在する、仮想医療空間。

奇妙な感じだった。仮想現実だというのに、現実世界と遜色のないほどの解像度がこの世界にはある。

このベッドも布団も、自分の皮膚さえ、とても作り物とは思えない。

それでも、この世界の外側に本物の世界があるという認識が、否《いや》が応《おう》でも僕の心の中に芽生えた。四面を覆う壁紙のダークブラウン、メタルラックのギラギラした銀色、そしてキッチンテーブルに置かれたオレンジジュースの橙色《だいだいいろ》――どれも、ほんの微かにだけくすんで見える。

いつかこの没入感も、消えてしまうのだろうか。

オレンジジュースを取るために立ち上がろうとサイドテーブルに手をついた。

色覚に変化があるなら、味覚はどうなのかと思ったからだ。

だが、その拍子に何かがテーブルを滑って床へと落ちる。『ラララたからものはご機嫌なメロディ♫』と書かれたその円筒形のケースは、テラのくれたプレゼントだった。

中身は確か、ペンダントだったか。

僕は慌てて身を乗り出し、それを拾おうとする。

が、ケースが僕の手をスゥッと通り抜けていく。円筒形のケースが車輪のように転がって、部屋の端へと移動していくのだ。

なんだ。

おかしな感じがして、ベッドから飛び起きる。

床に足をつけると何かが奇妙だった。

僕はその異状を確かめるべくミネラルウォーターのボトルを取り、そっと床に置いた。

ボトルは、やはり壁の端へと転がっていく。

傾いている、このビルそのものが。

「どういうことだ……」

胸騒ぎがして部屋を出る。靴も履かないままベランダに飛び出した。

その瞬間、体がぐらりと傾くのを感じた。

倒れそうになった体を柵で支え、僕は上半身を乗り出し、震える声で呟《つぶや》いた。

「ま、街が」

傾いているのは、このビルだけじゃなかった。

仮にこのビルだけが傾いているなら、ベランダの床に体を垂直に立てた時、街の方が傾いて見えたはずだ。

けれど、そうはならない。

アキレス腱《けん》に力を入れ、何度試してみても街は、確かに水平に見えるのだ。

つまり傾斜しているのは、街自体。

街そのものが、東から西へと下る《坂》になっている。そしてその坂の、斜面に対して垂直に生えた建物群が、景色の限り続いている――。

「こ、こんなこと、どうして……」

「斜界化が始まったのさ」

声に、僕は首を180度回した。

声の主は、その不遜な声色に違《たが》わず、ちゃんと坂の高い方に、つまりベランダの東側に佇《たたず》んでいた。

犬頭たち。

ベランダに立っているのは、確か、イドと言ったか。そしてその後ろにもう一人、柵に腰掛けぼうっと空を眺めているやつがいる。そっちは、シャーデンフロイデか。

こいつらはハルミツ――天島月彦の、いや僕の《父》に雇われた、ホワイトハッカーだ。

いつの間にベランダに……？　けれど、そんなこと考えても無意味だとわかってい
る。こいつらは、ずっと前からこの世界に侵入していた。動き出す時期を見計らって
いた。

そして昨日、僕の『記憶の消しゴム』を解いた。

彼女らがこのタイミングで僕の前に姿を現したのには、何か意味がある。

「おい。自分で言ってて滑稽にならねえのか？　仮想空間だぞ、ここは」

犬の被り物の下で、女がにっと笑う。

「不法侵入だぞ」

僕は、彼女らに向き直って訊ねた。

「斜界化ってなんだ」

「この世界の主導権を、ワンダーズから奪取する第一歩。手始めに、世界の《均衡》
を奪った。どうだ、この有様《ありさま》は」

犬頭の女——イドは両腕を目一杯広げて楽しそうにそう告げると、柵のはるか向こ
うを指さして言った。

「見ろよ、あの屹立《きつりつ》する塔を」

彼女の声に導かれ、僕はようやく、その塔に目を向ける。

息を呑んだ。

今や斜塔には『建設中！』の看板もなければ、足場を覆う灰色の仮設シートも、天辺《てっぺん》に設置された巨大クレーンもなかった。

塔が、完成していた。

二つのディスク状の展望台を持つ、滑らかな曲線を描いて伸びる鋭い三角錐《さんかくすい》は、今、真っ白で艶やかな外壁を太陽の下に曝《さら》け出《だ》している。

しかし、それだけじゃなかった。

真《ま》っ直《す》ぐだった。

傾いていないのだ。

「見ろ。かはは！　あたしたちのプラグインが、ワンダーズの計算能力を圧倒してる証拠だ！」

どういう理屈でかはわからない。

しかし、何を言いたいのかは明白と言っていいほどスッと胸に落ちる。

あの建設途中の塔は、外部からの干渉の象徴だった。建設途中だったから、介入が不十分だったから、２・５度傾いていた。

しかし今や完成した塔は直立し、世界の方が傾いている。

まるでこの世界の方が間違っていると言いたげに。

「……イド姉《ねえ》、イキリすぎ」

柵の上に腰掛け、足をぶらぶらと遊ばせていたシャーデンフロイデが、そう低く口を挟む。

「久々にいいコードが書けたから興奮しちまって。でも、今まで誰も成し得なかった偉業、《アマテラス規格《コーデック》》のハッキングに成功したんだ。これからどんどん仕事が来るぞ。これでアメリカのシティ・ザ・リバティに二人で住めるな！」

「……仕事中。気を抜かないで」

シャーデンフロイデに諌《いさ》められ、イドはへいへい、と右手をひらひら振った。

その声色に、微かに滲む彼女の人間性。

姉弟だというのもどこまでが本当かわからないが、少なくともこいつらは、人間らしい感情を持っていて、人間のようなコミュニケーション手段を取る存在らしい。

それはつまり、会話ができるってことだ。

イドが、改めてこちらに向き直る。

「茶番を見せちまってすまなかったな。だが、これでわかったと思う。抵抗は無意味だ、お坊ちゃん」

　イドの声色が、再び鋭さを帯びる。

「帰ってきてもらうぞ。現実世界にな」

「……」

　とっさに頭に浮かんだ二つの疑問。訊ねるなら早い方がいい。

　僕はあまり切実ではないという感じを装った。

「そういえば、戸邊という男のことを知っているか」

「トべぇ？」

　イドが、露骨に首を傾けた。

「さあ、どうだったか。あたしらが病院に行ったのは二度きり。今も別に、あんたの体のすぐ横で作業をしてるわけじゃねえ」

　やっぱり、話を逸らしてくるか。

　だけど今こいつは確かに、病院、と言った。

　僕は戸邊が病院関係者とは一言も言っていない。

　知っているんだ。こいつらは父から、戸邊に関する情報を受け取っている。今はそれがわかっただけで十分だった。

「この世界はどうなる」

押しのもう1問だった。意外にもこの質問に対しては、イドの口は軽かった。

「解体される」

まるでコンピューターを強制終了するみたいな言い方だった。

「そのあとは。ここにいる人たちは、その意識はどうなるんだ」

「初めから意識なんてねえよ。全部、エンジニアの書いたコード。プログラムだ」

「お前たちにはプログラムにしか見えないとしても、こっちは人間として接してきたんだ」

これればかりは駆け引きなどない、本心でそう伝えるしかなかった。

だっていまだに、信じることができない。テラがプログラムだなんて。人間じゃないなんて。その説明は全くもって、僕にとってリアルじゃない。

でも、それ以前に——。

僕はあの時選択を《間違え》た。

彼女の言い分も聞かず、逃げてしまった。

彼女を深く傷つけた。

そうだ。

僕ははなから、取り返しがつくなどと、甘いことは思っていない。選択を間違えたならそれで最後。

だから、せめて――。

「僕の心中を、察してくれ……」

俯《うつむ》き気味《ぎみ》に僕がそう呟くと、しばし沈黙したイドは、心なしか優しげな声色で次のように言った。

「さあな。あたしらが請け負ったのは、お前を連れ戻すことだ。世界解体は、お前を『場違いなゲーム』から降ろさせるための、いわば最後の取引材料。こっちとしても、お前に自分でログアウトしてもらわなきゃならないからな」

「そうか」

ここで、安堵《あんど》を見せるな、と自分に言い聞かせる。今の情報は、僕にとって最後の武器になるかもしれない。

だがこの女に足元を見られては、全てが台無しになる。

テラは――プログラムだ。人間じゃない。でも、だからなんだ。それが彼女を傷つけたことへの、何の赦《ゆる》しになる？　彼女は確かにそこにいた。あいつと過ごした日々は確かに在《あ》った。それを無かったことにすることだけは、それだけはダメだ。

だから、なんてことのないように振る舞え。この世界のことを全然愛していないように振る舞え。この女を……欺け！

最後のけじめを自分の手でつけるために！

「実は僕もうんざりしていたところだ」

僕がそう告げると、イドは肩透かしを喰《く》らったように、態度を弛緩《しかん》させる。

「抵抗する気なんてない。大人しくついていくさ。けど、その代わりと言っちゃなんだが、最後に一つだけ頼まれてくれないか」

「……？」

「お前たちが言いたいのは要するに、この世界は間違っていて、ハルミツの方が正しい、ってことなんだろ？　僕もそう思う。やっと諦めがついたんだ。だから最後に、この間違った世界を汚すのを手伝ってくれ」

汚す、という言葉に、シャーデンフロイデの首がぴくりと動く。

僕は空中にメニューを描き、二つのアイテムを取り出すと、

「この街は、長い間僕を縛ってきた。その意趣返しさ。僕は、街に落書きを残していきたい」

その一つを口元に装備する。

《オーロラの嘴《くちばし》》は、先端が尖ったペストマスクのような防具で、毒耐性の効果を

持つ。そんな効果を使うタイミングなんてもう来ないだろうけど。

今はただ、表情を読まれにくくするために口元を隠せるなら、なんでも良かった。

そしてもう一つが《トーン&ブラシ》という名のアイテム。説明は一応、切断武器となっているが、その形状はどこからどう見ても、ペイント用の刷毛《はけ》である。

「なんだそのふざけた形のアイテムは」

イドが訊ねた。

僕は窓に向かって、袈裟《けさ》斬《ぎ》りの要領でその武器を振り下ろした。毛先から、黒い電撃のようなものが放たれる。

「⁉」

とっさに鎌を出して構えを取るイド。

しかし——窓は無傷だった。

傷の代わりにペンキで塗られたような、真っ黒なラインが引かれている。

《トーン&ブラシ》は、こうげき力の補正が非常に小さい。その代わりにイロヌリの特殊効果を持った、いわゆる『ネタ武器』なのである。

「はぁ？　なんであたしらが、そんなことしなきゃなんねーんだ」

さも面倒くさそうに口をひん曲げ、犬の被り物の尖った鼻を、ずいとこちらに突きつけてくるイド。

「……いい話じゃん、イド姉」

そんなイドの背後から、シャーデンフロイデが口を挟んだ。

彼――仮に男だとするならばだが――は、依然ぼんやりと空を眺めたまま、もっさりと言葉を続ける。

「……元々、抵抗されたら、戦って、精神を破壊してでも、連れ帰るつもりだったろ？」

彼の腰掛けている柵に、みしりと亀裂が入った。

「……手間が省ける」

その、何か底知れないような雰囲気に気圧《けお》されていると、イドが鎌を懐にしまい、

「しゃーねーな」

と言って、立て続けに二度頷いた。

「だが、期限は切らしてもらうぞ。こっちも『お給料』がかかってるもんでな」

イドが右手でパチンと指を鳴らした。

それに呼応するように斜塔が、灯台の夜標のように、回転する淡い桜色のレーザー光を放ち始める。

そして彼女の人差し指は、高らかに空へと掲げられる。

シャーデンフロイデとともに、僕は天を仰いだ。

空を覆う画面。

表示されたのは24：00：00という数字。

クエストのリザルトと同じようで、わずかに違う。装飾性の一切ない機能的なフォントが『もうゲームは終わりだ』と、言っているみたいだった。

「世界解体の、カウントダウンだ」

僕に与えられた、世界に別れを告げるための時間は、驚くほど短い。

●八咫《やた》の羽衣《はごろも》

【防具】ランクA

【効果】落下耐性＋40／みかわし＋40／はやさ＋20

【追加効果】グライダー

【説明】カラスの固有装備。クエストレベル30で解放された。落下耐性がついているので、高いところから落ちてもへっちゃら。移動系スキルとの相性が〇《おっけー》。

●トーン&ブラシ

【切断武器】ランクB

【効果】対ゆうれい+90/こうげき+5

【追加効果】イロトリドリ

【説明】ところ構わず塗って回る、イロヌリのアヤカシが使っていた刷毛。こうげき力は低いが、対象を好きなイロにすることができる。明るいイロで塗れば、陽気な場所が嫌いなゆうれい系のワンダーに対して、絶大な効果を発揮!

5話　10秒42間のショウタイム〈前〉

1

聞こえているのは、お経のような声だった。

黒板に打ち付けられる白チョークの小気味良い音が、まるで木魚のように間を取り持っている。

180センチの長身と、教師御用達《ごようたし》のサンダル。安っぽいジャケットの背中に寄った、幾本もの皺《しわ》。黒板に書き付けられていく何かの方程式。窓から差す日光に照らされながら舞う、キラキラした埃の粒子。

私の机には、教科書の1冊も出ていなかった。サイドフックにも、鞄《かばん》すら引っ掛けていない。何もする気になれなかったのだ。しかしなぜだか、私の足はこの場所へと向かった。向かってしまった。

見えているのは、30人ぐらいのクラスメイトの収まった教室。

誰も彼も、メトロノームみたいにノートの端から端までペンを動かして、規則正しい動きに耽《ふけ》っている。

茶番だ。

こんなのはひどい茶番だ、と何度も、そう叫びたくなる。

なぜ、また学校なんて場所に来てしまったんだろうか。プログラムである私にとって、学ぶという行為に意味などないとわかったのに。私には未来がないのだと、わかってしまったのに。

けれど、体が勝手に私をここに運んだ。

ロボットみたいに自動的に動いたわけじゃないけれど、強烈な『慣れ』のようなものが無意識のうちに私を学校に連れてきた。

惰性のような命。

そんな自分自身が、すごく気味悪かった。

マインドコントロールされているんじゃない。違う。私の人間性そのものに、学校に通うという習性が刷り込まれているのだ。

私の意識は、結局根本のところでワンダーズに繋がっている。

私はこの世界の一部。

だから流れに身を任せていれば、ＮＰＣとしての生活は続いていく。

窓の外へと目を向ける。

視界の端から端まで広がるコピー&ペーストされたような街並みの中には、相変わらずの、建設中の斜塔の姿が見えた。

風が吹き込んで、ほてった頬を冷やした。

「出席番号15番、テラさん」

センセーの声だった。

センセーが、私を指している。

はは。もうそれだけで笑えてくる。

「なんすか」

嘲笑《わら》ってやろうと思った。

しかし実際にそうしなかったのは、私の中の『慣れ』が邪魔したからだと思う。

「どうしたんですか。自分の役割を忘れてしまったんですか」

「役割……？」

「はい。この世界の者なら誰でも、皆が持っている役割です」

板書する手を止めて、そう、真剣そのものという表情で畳みかけるセンセー。

「あなたは学生。学生としての役割に立ちかえるべきです」

私は、笑いを我慢することができなかった。

「勉強しろってこと？　センセー、面白いこと言うね」

プログラムのくせに、人間じゃないくせに、クラスメイトたちのギョッとした視線が私へと集まった。

こいつらはプログラムなりに、人間らしい振る舞いをしている。

確かに私のこの反応は、おかしいんだろうな。ヘンになったと思われても仕方がないんだろうな。ああ、ちくしょう。

ただの数列のくせに、そんな目で私を見るな！

「何も面白いことは言ってませんよ。誰でも、役割を見失う時があります。そういう時、とても空虚な気持ちになりますよね」

そうだね。

そうかもしれない。

けど、それは浸っていられる側の人の理屈だ。この世界の『普通』に繋がれたまま、何も知らずに生きていられる人の言葉だ。

「センセーはいいよね。そうやって正論だけ言ってれば飯が食えるんだから」

もうなんだっていい。

どうとでもなれ。

そういう気持ちがあったんだと思う。

責めるというよりは訝《いぶか》しげに私のことを見つめるセンセーへ、私は投げやりに言い放った。

「あんたに私の気持ちがわかるかよ！」

今度は惰性じゃなかった。ちゃんと自分の意思だった。ちゃんと自分の意思で、教室の扉を乱暴に開け放って、ＮＰＣ《わたし》の視線を背中に感じながら廊下に走り出た。

ずるいんだよ。

あんたらみんな、何も知らないみたいな顔をして、普通の生活を送って。

そんなの、ずるいんだよ。

ああ、そうさ。

私はずっと、何かトンデモないことが起こって欲しいと願っていた。中庭に隕石《いんせき》が落ちてきたり、職員室をテロリストが占拠したり、何かトンデモないことが起こっちゃったりしないかなと期待していた。

けど、それは嘘だった。

実際に起こって欲しいわけじゃなかった。

私はただ、楽して特別になりたいだけだった。

認めるよ。

「どこへ行くんですか」

「うるさい。センセーたちには関係ないでしょ」

捨て台詞だけ残して、私は廊下に飛び出した。

慌てて教壇から降りたセンセーが呼びかけても、立ち止まることはなかった。

2

ガタンガタン、ガタン――。

腰骨から伝わる規則的な振動が揺らすツインテール。頭上で振り子のように揺れる吊《つ》り革《かわ》。移り変わる窓の景色。七人がけシートの一番端っこに、私は、身を縮めるようにして座っていた。

7両編成の列車の3両目には、私の他に、六人ぐらいしか乗っていない。

茶髪ボブの高校生ぐらいの女の子に、スーツを着た中年男性、子連れの夫婦、そして銀髪の老婦人。

『次は、ウチュウ団地、ウチュウ団地。お出口は右側です』

アナウンスが聞こえてきて、私は辺りをぐるりと見渡す。六人の乗客はただ黙って座っているだけである。

列車が停止し、ドアが開いた。

カラスにプリントを届けに行った時、一度降りたことのある駅だった。

誰も降りなかった。

ドアが閉まり、列車が再び動き始める。

私はまだ黙っていた。列車に乗って20分。確信が持てなかったからだ。自分の気がおかしいのだと、まだどこかで期待する自分がいる。だから黙って待っていた。

『次は、一番街《いちばんがい》。一番街。お出口は右側です』

アナウンスは確かに、一番街と告げた。

列車が停止し、ドアが開く。

またしても、誰も降りない。

走り出す列車。

読み上げられるアナウンス。

『次は、ウチュウ団地、ウチュウ団地――』

私は一体その時、どんな顔をすればよかったのだろう？　笑えばよかったのだろうか。こんな世界やっぱりおかしいって、笑い転げればよかったのだろうか。それともブチギレて、消火器で窓ガラスでも叩き割ったらよかったんだろうか。

20分間列車に乗り続けて、はっきりした。

この世界には、たった二つの駅しかない。

それだけでも相当ふざけてるっていうのに、もっと恐ろしいのは、私がその事実に今のいままで気づかなかったということだ。私は、これまでの16年で一度たりとも、遠出をしようと思ったことがない。

そういう設定、なのだ。

「なんで……」

何の疑問もなく生きてきた。

駅が二つしかないこの馬鹿げた世界で。

30駅分を見送ったところで、私はついに立ち上がった。もうかれこれ3時間。乗客は茶髪ボブの高校生ぐらいの女の子に、スーツを着た中年男性、子連れの夫婦、そして銀髪の老婦人。一人として入れ替わっていない。

彼らは生まれてから死ぬまでずっと、この列車の乗客だ。

永遠に地面を踏むことすら、ない。

「なんで、平気な顔で座ってられるんですか」

気がつくと私は、家族連れの前に立っていた。

気立ての良さそうなジーンズにシャツ姿の父親と、ニットにスラックス姿のスラッとした母親の間に、短パンを穿《は》いた男の子が挟まっている。

男性が、怪訝《けげん》な顔を向けてくる。

「ねえ、おかしいでしょ。おかしいって言ってよ！　こんなの馬鹿げてるって！　あなたたちは！　その子供を海に連れて行きたいと思ったことはないの⁉」

溜まった言葉を吐き出し終えてから初めてやっと、なんてヤバいことをしてしまったのか、と気づく。

あたりを包む静寂。

男の子の、怖いものを見るような視線。

私はきっと心のどこかでその父親に胸ぐらを摑まれて、君の態度は無礼がすぎると、叱ってほしいと思っていたのかもしれない。

「よくわかりましたね。今から行くところなんです、海」

母親がそう、微笑《ほほえ》んで答えた。

「……」

「息子が急に行きたいと言い出しまして。まだシーズンじゃないですけど、足だけでも浸《つ》かれたらいいかな、と」

母親はそう言って、男の子と視線を交わし、笑い合った。

ああ、なんてことだ。

私は、なんて酷いことを言ってしまったのか。

けれど母親は、私の無礼に怒るどころか、ゆっくりと立ち上がり、私の肩に手を当てて優しげに言うのだった。

「それはそうと、あなたこそ一体どうされたんですか。大丈夫ですか？　気分が悪いようでしたら、次の駅で降りた方がいいんじゃありませんか……？」

嫌みのない、心からの気遣いだった。
2、3歩後ずさると、その時、列車が停止した。一番街――私が乗ってきた駅の名前だった。
「もういい。もう、いいです。すみませんでした――」

私が逃げるように降りた列車は家族を乗せたまま、再び走り出した。

3

階段の、踊り場の隅に腰掛けて、私は教室から漏れてくる音を聞いていた。

授業中の階段という場所は、ほとんど誰も通らない。

トイレが各階にあるので、わざわざ上り下りする必要がないからだ。

今更センセーに注意されたって何一つ怖いことなんてない。それでも、大きな窓もなく、日当たりも最低で、誰も通らないこの場所には、妙な安心感があった。

階段の滑り止めの、はげかけたワックスを指で擦ったりしながら、冷たい壁に背中を預けていると、自分が透明になっていくような気がした。

ずっと、頭の中で繰り返されている場面がある。


――あなたは、私と一緒にいるべきじゃない。

そう告げた時のカラスの表情が、リピート設定をオンにした動画のように、ずっと終わらずそこにある。

あの、断崖から突き落とされたような絶望。石化の状態異常を食らったかのように硬直した四肢。ここではないどこかを見つめるようながらんどうの瞳。

全部、私が選んだことだ。

私はワンダー。

それならいっそこの世界に溶けてしまって、自分というものを、投げ出してしまいたい。

そんなことを考えている私を、嗤《わら》いにでも来たのだろうか。

ウミヘビのワンダーがふわふわと宙を泳ぎながら、ちょうど階段の上からゆっくりと降りてくる。

また、性懲りもなく群れからはぐれたらしい。

「あんたと私は一緒だったんだね。監禁してごめん」

ウミヘビはしばらく、うっすらと輝きを放ちながら周囲に留《とど》まると、私の服の袖に嚙《か》みついて、弱々しい力で引っ張り上げようとしてくる。

「何。来いってこと？」

もちろん、本気にしているわけじゃなかった。

ただ、どこかに連れて行ってくれるなら、ついていきたいと思っただけだ。どうせ私は、ここにいる意味さえないのだから。

ウミヘビは健気《けなげ》に袖を引っ張り、私を、中庭に通じる連絡通路へと導いた。

雨の匂いが微かにした。

けれど、空はむかつくほど青かった。知らない間に降った雨がコンクリートの凹《へこ》みに黒い水溜まりを作っていて、周りにほんのりと苔《こけ》を生やしている。

そんな、静けさに包まれた中庭の、自販機のそばの壁にもたれかかるようにポツンと立つ背中を見つけて、私は、声を上げた。

「ナルコ」

見知った男の子が、いちごミルクを片手に振り返る。

「テラじゃん」

思えば、カラスと出会ってから、ナルコたちと喋る機会はぐっと減ってしまったような気がする。その灰色の瞳を見つめるのは、数ヶ月ぶりのように感じた。

「こんな時間に、どうしたんだよ」

私はとっさに辺りを見回した。けれどウミヘビの姿はもうそこにはなかった。

改めて、ナルコのそのなんてことのない問いに黙考する。

私は、どうしたんだろう。

この世界が紛い物《ケアバース》だと知り、カラスとの関係を自ら断ち切って、やっと自分が何者かわかったっていうのに、それさえ受け入れられずに逃げて。

でも……それって、ナルコに話すべきことじゃないよね。

「どうしたって、サボり。……ナルコは？」

「サボりだけど」

あっけらかんと答える。

意外だった。

「ナルコって、サボるタイプじゃないと思ってた」

そう返して、私は後悔した。

なぜ、よりにもよって今、彼に話しかけてしまったんだろう。ずっと昔馴染《むかしなじ》みの友達だと思っていたこの男の子もまた、プログラム。この世界にいる以上、彼もでっちあげられた嘘の一部なのだ。

そんな彼と話したって、惨めになるだけなのに。そんなこと、わかりきっていたことなのに。

迂闊だった。

これが「慣れ」の恐ろしさか。

だからもう開き直るしかなかった。私は壁にもたれる彼の手からいちごミルクを奪い取ると、勝手に一口すすって、すげー馬鹿なこと訊いていい、と前振りをした。

頷くナルコに、そして私は訊ねた。

「あのさ。この世界が全部嘘だったとしたらどうする？　私たちが、誰かがプレイするよくわからんゲームのＮＰＣだったら、ナルコはどうする……？」

質問していて、笑い出しそうになってくる。

何せ、他でもないこの会話そのものが、ＮＰＣ同士の掛け合いなのだから。

私たちの学生生活は全部、ゲームの中のキャラクターのイベントで、紛《まが》い物《もの》の命が綴《つづ》る、虚《むな》しい脚本《シナリオ》だったのだ。

だから私は決めてかかっていた。

彼は、当たり障りのないことを言うんだと。

「お前でもそんな繊細なこと考えるんだな。意外」

「えっ。ちょっとそれ酷すぎん？」

とっさに口をついて飛び出す抗議。私ってそんなガサツに思われてたのか。いや、普通に傷つくし……。

「はは」

「いや笑うなし！」

1発どついてやった。

わざとらしくぐらりと体を揺らすところも、ナルコらしかった。

私からいちごミルクを結構強めの力で奪い返すと、残りを飲み干して地面に置き、うーんと首を捻ったナルコは、しばらく考えてこう答える。

「気にしなくていいんじゃね」

なんだこいつ。

思わず手が出そうになる。

「ねえ、真面目に答えてる？　こっちはけっこー真剣に悩んでんだけど。なんでそんなこと言えるの？」

ナルコはしかし、調子を変えずに続けた。

「なんでって、だって……。世界って自分の中にあるものじゃん」

あっと開けた口が塞がらなくて、私はしばらく、本当にただの間抜けな女の子だった。

そのいっとき。

私は自分がワンダーだとか、この世界がケアバースだとか、そういうことを全部忘れた。

「お前の言うその世界がどういう仕組みで動いているとしても、実際動作してるんだから、受け入れるしかないだろ。それで、受け入れた先にあるものが現実ってやつなんじゃないのか？　世界が紛い物かどうかとか、そんなの世界を外から見てるエアプの意見であって、内側にいる人間にはカンケーないよ」

「そんな……」

息が漏れる。

ひゅうひゅうと、喘息《ぜんそく》の予兆みたいに。

そんな屁理屈《へりくつ》みたいな考え方で、曲げていいの？　私が受け入れようとしたのは、もっと絶対的で、どうにもならないルールじゃなかったの？

それとも。

「それとも、私なんかが、そんな傲慢なこと考えてもいいの………？」

人間ですらない、ワンダーの、私なんかが。

それは、そんなのは、贅沢《ぜいたく》すぎる望みなんじゃないかと——思っていた。

「私なんかがって、お前」

けれど、ナルコは、いつも通りの、彼らしい温かみのある冷笑を湛《たた》えて、バッサリと言い切る。

全然、少しも、当たり障りのないことなんて、彼は言ったりしてなかった。

「全ての人が世界の主役で、スポットライトを浴びる権利と責任からは逃れられない。そんなの、わかりきったことだろ」

言葉が、胸を穿つ。

それは誰かが書いたコードであり、誰かが文字に起こした台詞であり、それでいて、紛れもないナルコという男の子の言葉でもあった。

そうだ。

私はカラスに出会った。

抱きしめるべき事実は、その、たった一つだけで良かった。

この世界の姿とか、ワンダーの本質とか、柄にもなく考えすぎた。

「ナルコ。ありがとう。あんたいいやつだね」

そう告げると、ナルコは別に照れるふうもなく、そうか？　と問い返し、からりと笑う。

「じゃあ今度ハローバーガー奢《おご》ってくれ」

「うん」

私、あなたのことが好きだよ。誰がなんと言おうと、ナルコ、あなたのこと、誇りに思う。

おかげで大事なことに気づけた。

私が、私を疑おうなんて、いい度胸じゃないか。

羅針盤として持つべきものは、今私が感じているこの気持ち、それ一つ。それ以外は、全部捨てる。このたちの悪いゲームを終わらせる。走り出せ私。

走り出すんだ。

4

警報が鳴っていた。

けたたましいサイレンは学校全体、いや、街全体を包んでいた。そして警報に急《せ》かされるように、大勢の生徒たちが廊下をぞろぞろと移動していた。

『大型ワンダー出現の警報です。みなさん、速やかに下校してください』

頭上から降るのは、生徒の声で流れる校内放送。

窓から見る限り街には、まだ巨大なワンダーの影もなければ、不思議鳥の姿もない。

けれど思えば、この世界にはよく、予兆じみたものが出現する。不思議鳥だとか、人が消えるあの現象とか。

トンデモないことの起こる前触れは、随所にちりばめられていた。

不思議と動揺はなかった。なんとなくだけど、この騒ぎがなにを意味しているかは、察しがついていたからだ。

足が人の流れに逆らって私の体を運び始める。

どこへ向かえばいいかは、わかっていた。

「テラぁ！」

声が聞こえて、私は背伸びをした。人の流れに乗りながら、レムがこちらに近づいてきていた。

出会い頭に私を抱きしめると、レムが早口で言う。

「流れに逆らって行くんだね。そっか。やるべきことが見つかったんだ。じゃあもう会えなくなっちゃうかも……だよね」

うん、と首を縦に振る。

するとレムは目尻をなだらかにさせ、微笑んで告げた。

「この先何が待っててもね、テラだったらなんとかできるって信じてる。テラだったら、世界の退屈なルール全部、壊せる。壊して、変えられる」

気をつけてね！と手を振って、昇降口の方へ向かっていくレムを見送り、私は歩き続ける。


次にやってきたのは、物理のセンセーだった。

結局、私が名前すら思い出すことのできなかった、物理教師のテンプレートみたいなセンセーは、相変わらずの安っぽいジャケットを生徒たちにもみくちゃにされながら、私の前に立って、こう訊ねた。

「君の会うべき人間がどこにいるか、わかりますか？」

私は深く頷いた。

「大丈夫。なんとなくだけど、わかってる」

「そうですか。こうなってしまっては、もう先生という立場も形無しですが、出席番号15番、テラさん。私はあなたのことを本当に、応援しているんですよ」

「うん。知ってた」

センセーなら私にも避難誘導しろよ、とも思ったが、もうそういう状況じゃないってことは明らかだった。

人の流れに呑まれる寸前、センセーは振り返って言った。

「進路、決まってよかったですね」

私は深く頷いて、まあ見ててよ、と答える。


最後に顔を出してきたのはナルコだった。

彼だけはまだ、避難誘導の流れに組み込まれてはいなかった。

「行くんだろ」

壁に背を預けて、そう告げるナルコ。

最後まで斜《しゃ》に構えた姿勢が彼らしい。

「ねえ。あんまりこういうこと訊かない方がいいのかもしれないけど、ナルコはどの辺まで知らされてるの？　ワンダーのこととか、月彦のこととか」

最後だから思い切って訊いてみる。

レムも、センセーも、この世界の仕組みに、完全に自覚的なわけじゃない。

けれど、この『避難誘導』は明らかに、何かの予兆であり、レムもセンセーも、それに組み込まれているみたいだった。

ナルコは私に示唆をくれた。

さっきのあれは、世界《ケアバース》がナルコに代弁させたことだったのだろうか。

「さあな」

ナルコは肩をすくめた。

そんなことだろうと思っていたから、落胆はない。

「俺は人生エアプしてないからな。今もレムのことが一番心配だよ。ただ……お前にやらなきゃいけないことがあるってのは、なんとなくだけど、わかるよ」

ナルコは私の肩にポンと手を置き、柔らかに告げる。

「だから応援してる。こっからはお前一人だ」

「ありがとう」

私がお礼の言葉を述べると、ナルコもまた、避難誘導に従う生徒たちの流れの中に身を投じていく。その背中に迷いはない。

ただ一度だけ振り返ると、彼は満面の笑みを浮かべてこう言った。

「システムの端っこから見てるよ、最後まで」

その言葉を聞くのと、同時だった。

ナルコを含めた全生徒の、そして全教師たちの姿が、まるで蠟燭《ろうそく》を吹き消したみたいにフッと消える。

私はたった一人、恐ろしいほどの静寂に包まれた廊下に、取り残される。

怖くはなかった。

実際に目の前で人が消えたことがなかったから、流石に少し面食らいはした。けれど私はこの現象を何度も経験してきている。そう。クエストの出現時に起こる、人間の消失である。

ただし空にはタイムリミットも出ていないし、光る紋章も見えない。

つまり今は、擬似クエスト状態なんだ。

いよいよか、という緊張感が産毛《うぶげ》を逆立たせる。グッと拳を握り締め、早歩きで廊下を歩く。

向かったのは、講堂だった。

なぜ講堂なのか、実のところ私自身も、はっきりとしたことはわかっていない。この期に及んで直感に頼るなんて馬鹿げているとも思う。でも――。

「いるんでしょう、委員長」

声は、よく通った。

整然と並べられた椅子が、何十列にも渡って左右に放射状に広がっている。ちょうど今まで、何かの講演が行われていたのだろう。パンフレットやノート、それに筆記具がまばらに置かれている。

「それとも、ワンダールーラーって呼んでほしい？　早く出てきて。あんたに話があるの」

二度、声は響き渡る。

するど、

「にゃあん」

それは、私の問いかけに対する返答だったのか、それとも誰かの悪ふざけなのか……最初は判然としなかった。だが、今は擬似クエスト中だ。悪ふざけだとしても、それは私にとって、意味のある悪ふざけに違いない。

1匹の黒猫が、無人の舞台の袖から現れる。

2本の尾を持った猫だった。

「ワンダールーラーという名は、被施術者のイメージから抽出されたにゃん。彼女はその気取ったネーミングを、あまり気に入っていないにゃん」

「カラスはちょっと厨二病《ちゅうにびょう》なところあるから。……って、そんなこと訊いてない」

猫は、舞台の中央で立ち止まると、スポットライトを全身に浴びながら、ふてぶてしく寝転がって毛繕いを始める。

やがて、猫はポツリと言った。

「にゃ〜んでここが？」

「さあ。勘かな。でもさ、私はワンダー。ワンダーズの一部なんだよ。だから、わからないはずがないんだ。私の根っこは、ルーラーと繋がってるんだから」

「ふうん」

猫は興味なさげに呟くと、牙をスポットライトの光で輝かせ、言った。

「でもワンダールーラーはここにいないよ。僕は、彼女の分身《ゴースト》。バックアップのようなものさ」

「委員長はどこにいるの」

「彼女はあちこちを飛び回って、ワンダーたちに指示を出している。この世界は外部からの攻撃を受けているからね。泥沼の総力戦さ」

「攻撃って、何。どういうこと」

「ハルミツの雇ったホワイトハッカーたちが、天島月彦を現実世界に呼び戻すために、ハッキングを仕掛けてきているんだ。ハルミツには、ハルミツの治療方針があるらしい。でも、その遂行のためには僕ら《ケアバース》が邪魔なんだ」

答案のワンダーは、ワンダーが世界そのものだと言った。

つまり広い意味で言えば、この世界で暮らす人々の営みも、ワンダーズが作り出している治療のための緻密な風景ということになる。

しかしその維持すら不可能になり、レムも、ナルコも、センセーも、意識の集合体《ワンダーズ》へと還《かえ》ってしまった、ということか。

私は舞台に上ると、猫と向き合った。

猫は言った。

「テラ。君が僕の前に現れたということは、ついに気づいたんだね。自分が《何者》なのか」

私は首を縦に振った。

「でも答え合わせをする前に、聞いておきたい。天島月彦のこと、ケアバースのこと。全部」

「いいのかい。それを伝えたら、今度こそもう戻れなくなる。後悔することになるかもしれない」

この世界の外側に別の世界があることを認めた上で、その上で、私の知らないカラスの全てを知る。

十中八九、パニックになるだろう。

けれど。

踏み出さないといけない。

「それでいい」

踏み出せる最後のチャンスを、奇跡的に今摑んだのだから。

「ちゃんと知った上で、私はもう一度彼に会いたい。ワンダーとして遠回りなのかもしれないけど、テラとして、一人の友達として、せめて知っておきたいの」

猫は虚空を見つめていたが、しばらく経ってゼンマイが巻き直されたみたいに動きを再開し、

「今、ルーラーから許可が下りた」

と告げる。

そして私の体へ、ひょいと跳びかかった。

猫の手が私のポケットを弄《まさぐ》り、そこへ2本の尻尾が突っ込まれる。猫は、三日月のペンダントを尻尾で巻き取ると、教卓の上へとジャンプした。

割れたところをテープで留めただけの、急場凌《しの》ぎにも程があるペンダントトップを前足で翳《かざ》し、尻尾をひょいと動かして猫は指示を出した。

　すると講堂の巨大スクリーンが展開され、そこにメニューらしきものが現れる。

　プロジェクターとペンダントとをどうにかして繋いだらしい。

「《月の記憶》というアイテムはね、実は廃棄不可なんだよ。これは文字通り、天島月彦の記憶のバックアップだ」

「私、そんな大切なものを……」

　焦っていたとはいえ、あの時彼の手を振り払っていなければ、ペンダントは割れることはなかった。

　私が彼を拒絶したのは、私が私自身を拒絶したからだ。

　自分を受け入れるというのは、こんなにも難しい。

「データを修復するのは容易《たやす》い。さあ、テラ。天島月彦がなぜケアバースへ来たのか、その目に、焼き付けるといい」

　スクリーンが、少年の記憶の再生を始める。

　そうして私は、あなたのぜんぶと出会う。

5

スクリーンから映像が消えた。

最後に映ったのは顔面を蒼白にした看護師と、戸邊と呼ばれた男の柔らかな笑み。

体感時間にして1時間強に圧縮された記憶の映像をゆっくりと嚙《か》み砕《くだ》いて、私は深いため息を吐き出す。

文字通り。

そこには彼の成功と失敗の、ぜんぶがあった。

青魚のワンダーがテーブルクロスを纏っていたのは、食べ切るまで終わらない食事の苦痛が具現化していたからだ。

答案のワンダーが93点だったのは、93点という点数が彼にとって本当に恐ろしいものだったからだ。

それだけじゃない。

おもちゃの兵隊も、空を舞う海の生き物も、食虫植物も――天島月彦が人生で一度は怖いと思ったものだった。

世界は、怖いものに満ちている。

そしてその無数に枝分かれした恐怖の河川は、たどっていくと、たったひとつの源流へと還り着く。

「どうだった。何か、感想はあるかい」

そう訊ねたのは、猫ではなかった
ひらりと垂れ下がる二股の尻尾の代わりに、2本の三つ編みおさげを揺らす女の子。模範的な丈のチェックスカートに、校章の刺繍《ししゅう》されたカーディガン、黒縁の眼鏡。トレードマークの柄杓《ひしゃく》を左手に提げた彼女が、舞台の際に座って、深い黒の瞳でこっちを見上げていた。

ワンダールーラー、ご本人の登場だった。

「人の過去をほじくって話のネタにするのは、気分が良いもんじゃない。ただ、一言だけ感想を言わせてもらえるなら」

私は迷いなく言い切った。

「きっと誰のせいでもない」

「君は、ワンダーのくせに《病巣》を擁護するの？」

ルーラーはぴくりと眉を引き攣《ひつ》らせ、彼女らしからぬ怪訝な表情をした。

「何が原因かは、映像から明らかだっただろう……？　天島晴光《はるみつ》との関係性の悪化こそが諸悪の根源なのは、火を見るより明らかだ」

意外だった。委員長、あるいはワンダールーラーが、そんなふうに、断定するような言葉を使うとは。

いや――。別に意外でもないか。

考えてみればルーラーは最初から好き勝手やっていた。私に相談もせずに勝手に役割を与えて、役割の意味を伝えもしないで。ワンダールーラー、そういうトコロ。あんただって全然、人のこと言えないんだよ。

「あなた、焦ってる？」

押し黙るルーラー。案外わかりやすい。

ただ、彼女の言っていることもわかる。

確かに天島月彦の――カラスのトラウマは元をたどれば、幼い頃に描いた不思議鳥の絵を、父親ににべもなく否定されたことに始まる。

だからクエストが発生するたびに、トラウマを引き連れてくる悪夢の先触れとして、不思議鳥は空に現れた。

子供の頃の記憶がない私にわかることなんてたかが知れている。けれど少なくとも、私というプログラムの中に組み込まれた一般常識は、けっして、天島晴光をいい父親だとは見なさない。

「そうだね。親ってヤツが一筋縄じゃいかないってことは、よくわかったよ。親がいなくてよかったとか、ちょっと思えるぐらいには」

カラスが異常なほど失敗を恐れていたのは、紛れもなく天島晴光のせいだ。

いつも正解しか許さない父。

いつだって正しいことしか言わない父。

けれど、それなら天島晴光こそ、カラスが真に立ち向かうべき宿敵だったのか？

「それを結論にするのは、患者をなめすぎでしょ」

ためらいなく、私はそう返す。

ずっと考えていた。トラウマを可視化し、クエストという形式に落とし込んで乗り越えていく、ケアバースという仮想世界《システム》と、そこに用意されたワンダーズというプログラム。

そのラスボスとは、どういう存在なのか。

カラスが乗り越えるべき最後の課題は何か。

彼が最も恐れているものとは、一体何なのか。

「確信はなかったよ。でも《月の記憶》を覗いてみて、はっきりした」

どこか不貞腐《ふてくさ》れたように目を伏せているワンダールーラーが、その言葉にようやく顔を上げた。

自分を受け入れるというのはかくも難しい。

私はワンダー。

私もまたそのプログラムの一部だという避けては通れない一つの事実を、私は今こそ受け入れる。

「ほら、私って人型じゃん？　こんなにカワイー女の子の姿だし。怖いところなんて何もない。小悪魔のワンダー？　天使のワンダー？　とか、色々しょうもないことも考えたよ。でも悪魔も天使も、架空の存在。サンタクロースがいないことに、小学校を卒業したらみんな気づく。だから逃げずに考えた。私が人の形をしている意味。私が彼のクラスメイトだった意味。ねえルーラー、私って——」

ずっと、のらりくらりと外堀から埋めようとしていた私たちが、ようやく意味のある会話にたどり着く。

今や心の瞳はくっきりと開き、思考には一点の霞《かすみ》もない。

受け入れるなら、抱きしめるなら、それは今だ。

「《他者》のワンダー、なんでしょ？」

「……」

ワンダールーラーは、口を真一文字に結んだまま。

返答は要らなかった。答えはもう出ていた。だからそうやって、見届けてくれるだけで良かった。

ワンダーとは、トラウマの具現だ。

カラスは、天島晴光を恐れていた。

けれど同時に愛してもいた。

彼の中には『親というのは結局そういうものなんだ』という、うっすらとした諦めがあった。

だったら、彼を本当に突き落としたのは、日向という女の子なのか？

それも、違う。

玉依日向は、カラスを傷つけようとなんてしていない。

彼女の発言に悪意はなかった。その程度のことに気づけないほど、天島月彦は愚かな人間ではなかった。

カラスは最も恐ろしいものが何かを、ちゃんとわかっていた。

真に怯《おび》えるべきものは、天島晴光その人でも、玉依日向その人でも、ましてや母親やクラスメイトでもない。

本当に怖いものは、他人との間にある溝。

深淵《しんえん》と呼べる、その深さ。

カラスは真面目すぎた。

他人との溝を直視し、その果てのない暗闇に心から恐怖した。その摩擦の象徴が、他者のワンダー。テラという女の子の正体。

そしてその事実がもう一つの決定的な真実を連れてきた。

「ルーラー、あなたはいつまでそういう態度なの？　いいかげん認めてよ。クエストレベルが99に上がった時に登場するラスボス。カラスの最終目標――」

重ねて訊ねる私に、ワンダールーラーはばつが悪そうに沈黙を貫く。

「私なんでしょ」

深い沈黙の中にあったワンダールーラーが、ゆっくりと口を開く。

「そうだよ」

驚きはない。

ただ胸が痛む。

私はカラスと友達になれると思っていた。無垢《むく》にもそう信じていた。けれど私は剥《む》き出《だ》しの刃だった。

他人との隔たりに絶望し、現実世界を拒んだ男の子を、再び現実に繋ぎ止めるための、人の形をした楔《くさび》だった。

「なんで隠してたの」

声には必然、怒りがこもる。だってこんなのはあんまりだ。私は、私が好きになった人の『トラウマそのもの』だったのだから。

こんなクソみたいな展開、少しぐらいキレたっていいでしょ。

「君には心理学的な転移を起こさないためにも、無自覚でいてもらわなきゃいけないと、僕が判断した」

「なんで最初から言ってくれなかったの。なんで大事なことはいつも教えてもらえないの？」

「だけど、他者ってそういうものだろう？　悪意を持って害を働く人間の方が少ない。人が人を傷つける時、ほとんどは無自覚だ」

反論しようと思えば、いかようにでもできた。けれどワンダールーラーの言葉もまた、痛々しいほどの真実だった。

そう、他人は恐ろしい。

信じられないほどの幸運に恵まれ、その事実に気づかなくて済む人もいるというだけ。他人の心はいつだって天災のようにどうにもならない。

「君はカラスを想《おも》った。それ故にカラスは、自分の臆病さと向き合わねばならなくなった。君はカラスのことを好きになった。それ故にカラスは、一人でい続けるという逃げ道を失った。それがケアバースの用意した理想的な摩擦」

ワンダールーラーの瞳が、私へと注がれる。

私もまた、彼女を見つめ返す。

「それがこの世界のラスボス――君の役割だ、テラ」

この世界は、カラスの知っているものだけでできている。

トラウマは攻略対象《ワンダー》として化けて出たが、それらは本当の意味で彼を傷つけるために存在したわけじゃない。

全ては、カラスの記憶というカンバスに描かれた仮想敵。つまり全ては、カラスの想像を超えることがない。

想像の範疇《はんちゅう》で振るわれる目一杯の暴力性、それが——私。

「そのラスボス戦においては、全てのスキルの使用が禁止される。君という仮初《かりそ》めの他者と出会い、仲良くなることこそが、彼の心の回復度合いを測る最終試験《クエスト》だった」

ワンダールーラーが舞台の上からぴょんと飛び降り、そのまま歩き始める。

「でも君は、予定より早く彼と接触してしまった。攻撃者が最初に行ったシステムへのハッキングによって、こちらで組んだクエスト発生地点をずらされたんだ。だが、僕たちは柔軟に対応した」

小さな歩幅が向かうのは、どうやら外通路である。

「プランを変更したのさ。君をあえて会いに行かせ、君と共にクエストを攻略することそのものを、長大な最終クエストとして扱った。僕たちはこう見えて、希望を持っていたんだ。この治療計画にはちゃんと出口があると」

ワンダールーラーが、扉に手をかける。

ぞくり、とさむけが背筋を這い上る。

「でも——」

扉を、押し開けた。

その瞬間。

《何か》が講堂の中へと流れ込んでくる。それは肌感覚でしか説明のできない、言葉にできない悪寒だった。

目に見えて起こった変化はない。

ただ、ぐらりと一度。

めまいが、襲う。

「そうじゃなかったみたいだ」

傾いていた。

学校の校舎が、ビルが、街そのものが。

扉を開けて入り込んできたのは《不均衡》だった。

街ごと傾くなんていうトンデモないことがこの世界に起こりながら、なぜ講堂の中だけが無事だったのか——思えば『回せる計算能力は、全部防衛に回した』からこの世界に発生したバグの侵入を、水際でなんとか防いでいたのかもしれない。

しかし今、その『結界』は、失われた。

世界は傾き、逆に傾いていたはずの斜塔が真っ直ぐと立ち、その純白の完成した姿を白昼堂々晒《さら》している。

視線が自然と持ち上がった。

空には画面が浮かんでいた。それはリザルトのようでありながら、リザルトのような装飾性を感じさせない冷たさを帯びていた。

「あ、あれは……」

明らかに、ケアバースの美意識から逸脱したやり方《デザイン》だった。

表示時間は、31分49秒。

「世界解体までのカウントダウンだよ。テラ、ごめんよ。ワンダーズは、ハッキングに負けたんだ。じきに世界は強制終了される」

それは、全能そのもののワンダールーラーが、そして全能っぽい雰囲気を纏う委員長が、これまで決して見せることのなかった表情。

哀《かな》しみ。

あるいは、諦め。

「もう眠ろう。治療は失敗だ」

ゆっくりと腰を下ろし、両手を背中側について空を仰ぐワンダールーラー。そこにはとうに、世界を統べる造物主としての威厳はない。

そんな。

やっと本当の自分に気づけたというのに。ここで終わるのか。

こんな中途半端なところで――。


とか。

言うとでも思った？


「ふーん」

腰を下ろしてくれたなら是非もない。これまで散々でかい態度を取られてきたのだ。目一杯見下し、鼻で笑ってやった。

「あなた、諦めたんだ。全能の造物主のくせに」

「計算能力はこちらが上だ。けれど計算効率で押し負けた。攻撃者の使うアルゴリズムは実に洗練されている。それにさっきからログをたどっているけれど、どうやらカラスは、攻撃者とともに斜塔の方へと移動しているらしい。抵抗する様子もないよ」

こちらを見上げるワンダールーラーの顔には、ムッとした色さえ浮かばない。

それどころか敵の手腕を褒めさえした。

　あーあ、これは重症だ。

「僕たちは、治ろうとする者以外は治せない。トラウマに立ち向かうことから逃げ、世界からのログアウトを決めた患者は、もう、放っておくしかないのさ」

「つまり諦めたんだ。ふーん」

　深刻な顔で話すワンダールーラーを私は嘲ってやった。

　二度も鼻で笑ってやったのに、本当に文句の一つも言わない彼女は、まるで夏休みの宿題をまるっきり忘れて8月31日を迎えた生徒のような、不貞腐れた、投げやりな態度だった。

　けれど、彼女が取るその投げやりな態度こそが、私にとっての確固たる希望だった。

　だってさ、

「それっておかしくない？」

　すかさず、何が、と問い返すワンダールーラー。

　彼女は地面にべちゃりと寝転がり、四肢を投げ出して、吐き捨てるように呟いた。

「僕のことを笑いたいのなら、笑うといいさ」

「違うし。全然違う。そんな湿っぽい話してんじゃない。あんたは今、諦めモードだって白状した。でも私は違う」

「だからそれの何が」

「あなたたちが諦めてるのに、私はまだ諦めてない。つまり私は今、私だけの意志を持ってるってこと。でも、なんで？　この世界は全部カラスの想定内のものしか出てこないんじゃないの？　だったらこの心は何？」

のっそりと立ち上がると、ワンダールーラーは背中についた砂を払うこともせず、私をじっと見つめた。

「テラ、君は――」

その、全く未知のものを見るような瞳が、私の気持ちを確かなものにする。

微かに口元を震わせ、ワンダールーラーが問うた。

「それを〝心〟だと信じるの？」

「違う。私が信じるんじゃない。カラスが私を信じてくれたんだ！」

残り28分。

数字は減り続ける。

けれどこの問答は必要だった。おかげで今やっと、確信が持てたのだ。

進むべき方向は、わかった。あとは――。

「だから、ごめんをしなきゃ。彼を傷つけちゃったことだけじゃない。彼が信じてくれた私を、私が信じられなかったことへのごめんを」

「無駄だ！」

駆け出した私の背に、声が追い縋る。

「もう彼はこの世界を捨てると決めた！　僕にはわかる！」

造物主のくせに情けない。

だから私も言い返してやった。

「人の心はわからないってあんたが言ったんだ、ワンダールーラー！　怖気付《おじけづ》いたならそこで見てたらいいよ」

瞳はただ一点、ふてぶてしく屹立する塔へと向ける。進むべき方向はわかった。あとは、できることをする。

私にできる数少ないこと。

それは全力疾走することだ。

「私は、諦めが悪いんだ！」

もし、この世界が解体されてしまうとしても、それでいい。

蠟燭の火を吹き消すみたいに私が消えてしまうとしても、それでいい。

大切なのは思い出がカラスの中に残ること。

一番ダメなのは楽しいことだけトリミングして、悲しい思い出をぜんぶ白紙撤回してしまうこと。

あと少し保《も》ってくれ。

ハッピーも失敗も、消させないから。

●奇器怪壊《キキカイカイ》
【打撃武器】ランクA＋
【効果】対マモノ＋50／こうげき＋90
【追加効果】黄泉返《よみがえ》し
【説明】一見すると何の変哲もないバットだが、魔除けの力が込められている。単純に鈍器としても使用可能。ただし打席に立ってもヒットは狙えない。

●オーロラの嘴《クチバシ》
【防具】ランクS
【効果】対毒＋120／かしこさ＋40／はやさ＋20
【追加効果】ポーカーフェイス
【説明】カラスの固有装備。クエストレベル50で解放された。三つのパラメーターが恩恵を受ける上、相手のみかわし率を大幅に減少させる追加効果ポーカーフェイスもつく欲張り仕様。照れ屋さん御用達。

6話　10秒42間のショウタイム〈後〉

1

もぬけのからとなった街を、走っていた。

ハローズの屋上で遭遇して以来もう何度も体験しているはずなのに、いまだに慣れないこの人間の消失現象。消えたナルコやレムが戻ってこられるのかが心配だった。この世界に明日があるのかが心配だった。

けれど、今は全てを忘れて淡々と走り続ける。

明らかに顔を上げない方が呼吸しやすいのに、私はどうしてもあの真っ白な塔を睨まずにはいられなかった。

街を見下ろすように聳《そそ》り立《た》つ塔。この世界を否定し、自らの正しさを押し付けるような、嫌にまっすぐな立ち姿。それはまさに、カラスの記憶の中で観《み》た、白衣姿の天島晴光の立ち姿そのものだ。

(見た目より、ずっと遠い!)

負けるもんか。

学校から塔までは直線距離にして4キロ弱。25分という時間で、ギリギリ走れないことはない。ただ、当然街は入り組んでいるし、それに今は大地の傾きというハンデもある。

幸いにも塔は学校から見て北北西。

高低差はそんなになかった。

しかし2・5度の傾斜のある道をまっすぐ走り続けるというのは、想像より、はるかにずっと難しい。

「くっそ！　体が傾く！　油断してると、足がもつれる！」

この期に及んで、思い知らされる。

呆《あき》れるほどに、この世界はよくできている。

傾いた地面の上で姿勢を保つためには体幹の力を要するし、まっすぐ走るためには普通の何倍も体力を喰う。

もしこの世界がコンピューターの上に並ぶ文字列なら、私の魂とカラスの魂が、たった数行の文字列を隔てて存在していたっておかしくない。

突き詰めればそれは、電子回路を隔てる微々たる距離、あるいはせいぜいサーバー室の端から端までの100メートル程度の幅のはず。

それなのに。

この仮想空間上の4キロという距離は、二人を引き裂くのには十分すぎる。

こんな時にスキルが使えたら……そんな淡い甘えを胸に抱きつつ、10分がすぐに経った。

異様な光景が目に入り始めたのは、その頃からだった。

「何コレ。壁が塗られてる……？」

息を整えようと手をついた高層ビルの壁に、ベッタリと付着していた黒いペンキ。さも塗ったばかりのような光沢を放つペンキは、しかし、全くと言っていいほど手に移らない。見た目では厚みがあるのに、触れている感じがまるでない。

物理法則に忠実なこの世界でそんな妙なことが起こるとしたら、それは十中八九、クエスト関連だった。

見渡せばペンキは建物のはるか高層にまで塗られ、それが街全体に及んでいる。

誰がこんなことを……。

一旦浮かんだその問いを、私は呑み下した。

この世界で今動けるのは私と、カラスと、それにワンダールーラーの言う《攻撃者》だけ。

息を整え、それと一緒に覚悟も決める。

カラスを連れ去った《攻撃者》の仕業なら、これは何かの悪ふざけか、それとも威嚇のメッセージか。

最悪の場合だけ考え、走りを再開する。

ツギハギ鳥居《とりい》をくぐり、マンホール通りに走り出た時、足が地面に縫い付けられたように、止まった。

その時私が取れる行動は、そう多くはなかったはずだ。逃げるか、それとも立ち向かうか、せいぜいその二択。

一番やっちゃいけないのは、そのどちらをもためらうこと。

（最悪だ）

私は、立ち止まってしまった。

二人。

カラスの姿はなく、犬の被り物をした二人組が、ブラシのようなアイテムでそこらじゅうの壁を塗りつぶしていた。

それは景色の侵略者だった。

魚の塩焼きや煮付けの食品サンプルが並ぶガラスケースも《あやか志《し》》と彫られた看板も、まるで巨大な筆で一筆書きにされたように、黒く染められていた。

目を見開く私に、背の低い方の犬頭がギョロリと蛍色に輝く瞳を向けた。

「おいおいおいおいおいおいおい」

鼻に抜けるような笑いと一緒に、犬頭が声を放つ。

ハスキーではあるが、女の子の声だった。

「ワンダーズ本体から分離してて厄介だと思っていたが、これで探す手間が省けた。ついてるな、シャーデンフロイデ」

シャーデンフロイデと呼ばれたもう一人の犬頭はのっそりと動くと、背の小さい犬頭の背にぴたりと体を添わせた。

「……イド姉、でもあいつ」

シャーデンフロイデが口を開いた途端に、何か、雪崩にでも呑まれるような膨大なプレッシャーが襲ってくる。

どっちがより不気味ということもない。

どっちもしっかり不気味だ。

「そうだな、思ってたより必死なツラだ。最後まで絵を描きたがってるお坊ちゃんを途中で置いてきて正解だった。最後に一目会いたいって？　悪いな。こっちも『お給料』がかかってるもんで。通すわけにはいかねえんだわ」

背の低い犬頭——イドはブラシを引っ込めると、一体どこにそれを仕舞っておくスペースがあったのかというような身の丈ほどの大鎌を、マントの中からズルリと引き抜いた。

考えるまでもない。

こいつらが《攻撃者》。

こいつらがハルミツの雇ったホワイトハッカーだ。

そこでやっと思い出す。私はすでに一度出会っている。この犬頭は確かあの時、一番街のゲームセンターで、

「モルモルを獲《と》れなかった人だ！」

「チッ」

露骨に響いた舌打ち。

「……これだから素人はよう。あれはこの世界のリアリティ強度を試してたんだよ、タコが」

ミスった。

口が滑った。

完全にアプローチを間違えた。

けれど、微かな手応えも感じている。ハッキングの方法とか、プログラムの仕組みとか、詳しいことは全然わからないけど、なんとなく、ただのウイルスとは違う、後ろで操作してる人の人間性が透けて見えるこの感覚。

カラスの時もそうだった。人間《プレイヤー》のペースを崩すには、NPC《わたしたち》が一番しなさそうなことをしてやるのがいい。

つまり――。

「でも悔しそうだったじゃん。もしかしてあなたは、格ゲーとかで負けるとキャラクター性能のせいにした挙句キレるタイプの人……？」

できうる限りの演技力でもって、私は嘲笑《ワラ》ってみせた。

「……」

ぶちり、と青筋が捩《ね》じ切《き》れる音が聞こえた。

「ずっと気になってたんだよ」

イドの口から、ドス黒い声が漏れ出した。

「プレイヤーは殺しても復活する。天島月彦もこれまで無意識のうちに何度もリスポーン《リスポーン》してきたんだ。だが、お前ら《プログラム》は？　データが完全に壊れるまで嬲《なぶ》ったら、存在を保ってられるのか？」

イドの視線は被り物によって隠されている。あたかもイドを操る本体が、画面の向こうに隠されているみたいに。

けれど彼女の感情は、被り物越しに滲み出ていた。

口元に、裂けるような笑みが浮かんだ。

「八つ裂きだ」

グッと、鎌の柄が握り込まれた直後。

イドが、大股30歩分の距離を一気に詰めてくる。

とっさに体を反らせることができたのは、きっと、カラスとクエストで鍛え合ってきた成果だ。それでも三日月形の刃は頭上スレスレを通過し、前髪の一部を刈り取っていった。

せめてメニューを呼び出す力が私にもあれば、アイテムが使えるのに――。

覚悟を決めたはずなのに、性懲りもなくナイモノネダリは湧いてくる。

やっぱりペースを乱すのは逆効果だったか。カラスみたいに扱いやすくなるわけじゃないのか。

ここは逃げるしか、ないのか。

けれど、頭上で数字は今も減っている。想像したくもない。カラスが遠くへ行ってしまう、暗闇の未来なんて。

そんな私の躊躇《ちゆうちよ》を掻っ切るように、

「さっさと破損データになりやがれ!」

イドが、コンクリートの壁に根元までずぶりと沈んだ刃を引き抜き、再び大鎌を振るった。

私は細い路地に転がり込んで、ひた走った。なるべく細い道に誘導すれば、あの大鎌も振るえないと思ったのだ。

甘かった。

イドは自分を阻むものは何であろうとお構いなしに、歩くシュレッダーみたいに、全てを切り刻んでいく。

自分が真っ二つになるところを想像する。自分が破損データになることを想像する。それでいい。そんなのは怖くない。けど、今死んだらカラスに、何も伝えられないじゃないか。

それだけが、怖かった。

だから逃げる。

走ることだけに集中すれば、ほんのわずかに引き離すことができた。それでも、そんなわずかな余裕があったとして一体私に何ができるのか。

空に張り付いた数字が15分を切る。

その時、

「猫の手も借りたいって顔だね」

声が聞こえたのは、足元からではなく、頭上からだった。

天空とかじゃなく、中途半端な高さ。見れば民家のコンクリート塀の上を、1匹の黒猫が駆けていた。

口に、柄杓を咥《くわ》えながら。

「えっ、ワンダールーラー？　待って待って、あなたは本物⁉」

走りながらも、確認せずにはいられなかった。

「ゴーストがお世話になったね。自分にレタッチをかけている。この姿の方が走りやすいだけさ」

しかし何か違和感がある。注視するとすぐにわかる。2本だったはずの尻尾が、1本になっている。

それだけじゃない。

滑らかな背筋にも亀裂のようなものが走り、心なしか顔に生気がない。

「残念なお知らせだが、僕はもうじき処理落ちするだろう。ワンダーズの計算能力が、僕の人格を維持できなくなってきている。湿っぽく言うなら死ぬということになる」

猫は柄杓を咥えた口で器用に喋った。

私がかける言葉を見つけられないうちに、猫は続けた。

「でも僕が消えた後も、一部の計算領域を残すことはできる」

自分の存在さえ保てないほど疲弊しているはずなのに、誰よりも深い絶望の中にいるはずなのに。

猫の言葉は今までになくくっきりとしていた。

「僕は、いや、僕らは、『君』を残すことにした。スットンキョウくん」

瞳が一瞬、きらりと輝く。

ワンダールーラーはあの時確かに自力での解決を諦めた。ルーラーがそうしたのだから、それがワンダーズの総意ということだ。天島月彦の治療を諦めた。今もきっとその考えに変わりはない。

しかし猫の、その奥に隠れる委員長の瞳は、希望の光を湛えている。

それはおかしな話だった。自らに絶望している者が、自らの分身に希望を抱くなど、ナンセンスだ。

「君に、託す」

でも、猫は、どこか誇らしげにさえ感じられる口調で、そう告げる。

委員長、あなたも、いやあなたたちも、認めたということか。私を《他者》として、私を一つの個別の意思を持った人格として──。

猫が、咥えていた柄杓を私の方へと放った。私はそれを空中でキャッチし、右手に握り込んだ。

「その《ネコソギ柄杓》はいわば裏技《バックドア》だ。スキルを無制限に使える。ただし、相手のクラック能力も本物だよ。スキルを使えば、必ず対応策を打ってくる」

柄杓は小枝のように軽く、素材もなんてことのない木と真鍮製《しんちゅうせい》のようだったが、握った瞬間に、頭の中にいくつもの文字列が溢《あふ》れた。

それはカラスの使うメニューの一画面に似た、スキル名の羅列。

私は人間《プレイヤー》じゃない。

メニューというインターフェースも必要ない。メニューは私の意識の中にすでにあった。体の奥底に埋まっていた機能を呼び起こしたかのように、私はその使い方を瞬時に理解する。

「つまり……『1回きり』ってことね」

猫が、こくりと頷く。

立ち止まり、私はもはや風前《ふうぜん》の灯《ともしび》となった猫へと訊ねる。

「ねえ、ルーラー。いや、委員長。あなたは最後の最後に私を信じてくれたってことでいいの？」

猫はそっぽを向いた。

「僕たちは君を信じない」

そして一度だけ力強く頷いた。

「その代わりに、君が君を信じるんだ」

最後の一声を吐き出すが早いか、猫の体が光る砂のようになって消える。

振り返ると、すぐそこまでイドが迫っていた。その半歩あとには、気だるげに走るシャーデンフロイデの姿。

「〝レタッチ〟」

呪文のように言葉を私は紡ぐ。レタッチの対象は柄杓。思い浮かべたのは、なんだかとにかく強そうな武器。

長さ20センチほどの柄杓がぐにゃりと形を変えていく。

顕現《けんげん》したのは幅80センチ強の、星形の頭を持ったハンマー。

割り当てられたアイテム名は――《星の槌《スター・スタンプ》》。

イドが大鎌を構え、シャーデンフロイデも懐から同様の大鎌を取り出した。

二人の息はぴたりと合っていた。

「ばかが！」

「そんな軽いものを振るって何になる！」

息を合わせたまま、二人の犬頭が左右に分かれて同時に飛びかかってきた。

私も、槌《つち》を振るった。

レタッチは重さをそのままに形状だけを変化させる。つまり本来なら、ピコピコハンマー並みの威力しか持たない。

「――レベル99！」

振るいながら私はそう言い添える。レタッチ・レベル99。最高レベルに達したレタッチはものの重さこそ変化させることはないが、その性質を上書きする。

付与したのは単純なこうげき力の補正。ただし。

上限いっぱいの＋９９９９。

結果、

「!?」

耳元で風船が弾け飛ぶみたいな音を立てて、小枝のように軽いハンマーが、ゴルフクラブみたいに二人の体を吹っ飛ばした。

空中で身を捩《よじ》りながら唖然とした表情を向けるイドは、華麗に着地したのち再び露骨な舌打ちを響かせる。もちろんこの程度では二人は倒れないけど、まずは1発。

「つくづく癪《しゃく》にさわるキャラクターだ。ギタギタに壊してゴミ箱に送ってやる」

「私に負けたからって、コントローラーぶん投げないでね！」

口喧嘩《くちげんか》だって負けたくない。どすのきいた声でブチキレるイドへ、言い返してやった。

残り時間12分。

わかっている。これが私の、この世界の、最後のクエストだ。

2

「てめえはなぜ月彦に執着する⁉」

2対1の攻防は再びマンホール通りへと場所を移す。

かたや大鎌を振るう犬頭二人と、かたや巨大な星形ハンマーを担ぐツインテール女子が、黒染めの街で幾度もぶつかり合う。

「私はワンダーだ。全てのワンダー《ワンダーズ》の願いを背負ってる」

そうだ。

ワンダールーラーは、なんだかんだ、最後は私に託してくれた。背負わされたものの重さを感じないわけじゃない。

けど、

「そんなこと、本当はどうだっていい。私は友達としてカラスのところに行きたいだけ。彼に、謝りたいだけ」

イドの振るう大鎌が幾度も体スレスレを通過し、ジャケットの袖を寸断する。

ああ、ダメだな、流石にもうこれ新しいやつ買わないと。

こんな時だからこそ、ポジティブにいこう。

もう着る機会なんてないかもしれないけど、想像ぐらいしたっていい。もし元の世界に帰ったカラスが、何かの拍子にこの世界にまた遊びに来てくれたなら、一緒に服を買いに行きたい。その口実ができていいじゃん。でしょ。ね？

私も負けじと、星の槌をぶっ放す。

ピコピコハンマー顔負けの軽さのくせに、限界まで振られたこうげき力補正のおかげで、地面を穿つほどの威力。

だがその一撃を、イドは鎌の刃の腹を使っていなしてみせた。

「そんなことをしたって、あの甘ったれの本質は何も変わらねえさ！」

再びの敵の攻勢。

イドもギアを上げてきたみたいだった。

「聞けば月彦クンは『他人に頼ることができない』らしいじゃねえか。あたしはな、自分一人で生きていけると思ってるマヌケが、この世で一番嫌いなんだ！」

鎌を振るいながら、イドが告げる。

「知ってるか。お前の同類《ＡＩ》のせいで世界では、どんどん人が死んでんだ。あたしらの親もＡＩ失業の憂き目に遭って、あたしらを捨てた。以来、社会保障の破綻したクソみてえな国で、あたしらは姉弟二人だけになった」

滲み出す彼女の背景。

人間ってやつは本当に、誰だって、やかましいぐらいに、それぞれの物語を背負っている。

「その姉弟でさえ、生き残りをかけた戦いになれば所詮他人だ。他人は恐ろしい。だが、信じるしかなかった。《信じる》っていうのはマンガの中の決め台詞じゃねえ。エモい歌詞に使うような言葉でもねえ。生き延びるための唯一の手段なんだよ！」

その言葉に呼応するかのように、イドの後ろにくっついていたシャーデンフロイデが前に出る。

彼が踏み込むと、みしり、と道路舗装にヒビが入った。

そこから繰り出されるのは、まるでトラックの追突のような重たい一撃。

レタッチで形を変えた物体は《アイテム》となり、普通の物体と違って耐久限界を迎えない限り壊れることがなくなる。

星の槌はレベル99のレタッチで改造されたので『無限』の耐久力を持つ。

だが、いくら壊れないからといっても、持ち手から体に衝撃が伝わってくる。星の槌が破壊不能だとしても、私の体はいずれ壊れる。

長い持ち手で受けたシャーデンフロイデの攻撃が、凄《すさ》まじい衝撃となって両手を伝い、胃の腑《ふ》をぐらりと揺らした。

「……」

シャーデンフロイデは無言のまま、そのツクリモノの瞳を通して静かにこちらを見据え、剣道の一撃のように重く踏み込んだ。

そこに差し込まれる、イドの遊撃。

この姉の、言うとおりだった。

この二人には信じ合うという結束を担保するものがあるんだ。私とカラスが必死に手繰り寄せようとして手に入れられなかった絆《きずな》が。

「天島月彦は、安全な国の安全な温室で生かしてもらってるくせに、一人で生きているる気になっているお坊ちゃんだ」

電光石火の攻撃を繰り出しながら、イドが冷たく告げる。

言葉の端々に、嘲笑を織り交ぜながら。

「そういう甘ったれは他者の存在を認めずに、せいぜい言い訳を垂れて野垂れ生きてりゃあいいのさ！」

車通りの完全に失《う》せた滑走路みたいな車道の真ん中で、イドとシャーデンフロイデの刃が一点にギラリと重なる。

繰り出される、必殺の一撃。

刃は、しかし私の胴を貫く寸前で、止まる。

「〝トーチカ〟――レベル99」

呼び出しに応じて出現したのは巨大なドーム状の壁。

材質は摩訶不思議《まかふしぎ》で、コンクリートのようにも鋼鉄のようにも見える。強度の数値《パラメーター》を操り、防御力に優れた隔壁を作り出すスキル。その最大形。

すなわち、絶対防御である。

「あなたたちは何もわかってない」

鋼同士がぶつかり合うような音が、壁の外から四度聞こえ、止まった。

私は、やつらに聞こえるように少し声を張る。

「っていうか、わかってなくていい。連れ戻すのが仕事なんでしょ。仕事でカラスと関わってんだから。でも、だったら、ごちゃごちゃ言うなよ」

話していて、可笑《おか》しくなってくる。

自分がラクになるために彼を突き放して、傷つけた私には、こんなこと言えたもんじゃない。ああ。

そのぐらいわかってるさ！

けど、カラス、あなたは私という自我を認めてくれた。私を《都合のいい自分の分身》じゃなくて《ちゃんとした他者》にしてくれた。

だから私も、あなたを《ちゃんとした他者》にする。

他者でい続けるために《ごめん》をするんだ。

「カラスはもう向き合ってる。私は信じてるから」

「長話してる間に解析が終わっちまったぞ」

威勢を取り戻したイドの声が聞こえるのが早いか、トーチカが淡い光を放ち始める。

効果時間をまだ50秒ほど残し、絶対防御の隔壁がスキルごと消えていく。

「ざまあねえ。そのスキルは死んだ」

口角を吊り上げ、得意満面にそう告げるイドの表情が、霧散する光の中に浮かび上がった。

「大丈夫。一撃で潰すから。〝クライア〟」

クライア、それは刃渡り1メートルほどの杭《くい》のような、いびつな鈍色《にびいろ》の武器を、短射程で放つスキル。

これはその、最大形。

呼び出されたのは直径3メートル、長さ50メートルに及ぶ杭……否！

それはもはや杭というより〝巨柱〟だった。

「――レベル99」

マジか、という感じであんぐりと口を開くイドとシャーデンフロイデへ、私が、情けをかけるワケがない。

3

ミサイルのような速度で打ち出された巨柱が、二人をはるか後方へと吹っ飛ばした。

が、無様に撥《は》ね飛《と》ばされていくその姿はまだ私の目に映っている。つまりどちらも『消滅』していないのだ。このまま野放しにすれば、どういう妨害をしてくるかわからない。

どのみち、選択肢はない。

私は全力でイドの方へと走った。

オープンカフェのバルコニーを突き破って、剥き出しのコンクリートの上に倒れているイドを見つけると、私はすぐそばに転がる鎌を取り、彼女の脇腹の真横へと突き刺した。

その上から、ダメ押しで星の槌を振り下ろす。

ガギン！

鋭い音を発し、鎌の刃はコンクリートの奥深くまで沈み込んだ。

長い持ち手が、ジェットコースターの安全バーのように、イドの胴体をその場にがっちりと縫い付けた。

「クソ、が」

犬頭の被り物と首のマントの襟の隙間から、じっとりと声が漏れ出す。

確定キルする趣味はないけれど、今だけは見下《みくだ》させてもらうよ。

「この世界の住人でもないんだから、別に痛《いた》くも痒《かゆ》くもないんでしょ。もう、私の邪魔はしないで」

「滑稽だな、ワンダーズの、切れ端が」

データが破損したからなのか、それとも操っている本人がショックを受けたからか、途切れ途切れに発せられる声。

しかしそこにはまだ余裕がある。

それどころかイドは、笑いさえした。

「何それ。負け惜しみの笑い？」

「あたしは侵入工作担当。ファイアウォールをぐるまでがあたしの専門だ。解体屋はあたしじゃねえ」

嫌な予感がした。

そんでもって、大抵こういう時の嫌な予感ってやつは的中するんだ。

振り返って見上げる。

20階建てぐらいのビルの、上層。盛大に割れた窓ガラスの奥の、電気の落とされたオフィスから、のっそりと、無数のコピー用紙を紙吹雪のように巻き散らしながら、もう一人の犬頭が這い出てきていた。

そして窓辺から飛んだ。

その様子を見上げ、イドが大声を張り上げた。


「捻り潰せ、シャーデンフロイデ！」


呼応するように、シャーデンフロイデの体が光を放った。見紛うはずもない。それはレタッチのエフェクトだった。

だが、発光量が尋常ではなかった。

真昼の太陽のように目の眩《くら》む光を放ちながら、せいぜい190センチ程度のシャーデンフロイデの体が、風船を膨らませるみたいにみるみる膨れ上がる。

瞬く間にそれは、ビルの半分ほどの大きさに達する。

「なっ！」

強靭《きょうじん》な4本の足と鋭利な爪、灰色の被毛に覆われたしなやかな胴体と、そこにつながる二股に分かれた頭部。

そうか。

あんたらが犬頭だった理由は、それか。

近所の家のよく吠《ほ》える番犬。剝き出しになった牙と、蒸気をあげる湿った舌。そこに地獄の門番なんていう属性まで追加された怪物――ケルベロス。

子供が怖いと思うものの詰め合わせみたいなその怪物は、路上駐車していた車を容易く踏み潰し、二つの口で咆哮《ほうこう》した。

「それは流石にズルじゃん⁉」

怪物が、街路樹と街灯を薙《な》ぎ払《はら》いながら走り始めた。体高だけでも10メートル強。

青魚のワンダーとタメを張る規模感と、その何倍もの威圧感。

一瞬のうちに私は考える。レタッチが変えられるのは体積だけだったはずなのに、なんであんな重そうなものが出現した⁉

けど、そう。

引っかかってるところもあった。シャーデンフロイデの仕草はやたらに鈍《のろ》く、時に道路に亀裂を入れるほど重たかった。あれは、何かそういう《得体の知れないものとしての演出》なのだとばかり思っていた。

しかし、この物理法則に無駄に厳しいケアバースが、そんな凡ミスをするはずもない。

つまり、そうか。

こいつは元からすごく重かった。それが人間の体に、詰め込まれていただけで。

最初から、警戒すべきはイドじゃなく、シャーデンフロイデだった！

「ゲームオーバーだ」

イドが、吐き捨てるように言う。

「コンティニューはない。失敗したんだよお前は。諦めろ。人生は、ゲームとは違うんだから」

「それ、大人がよく言うやつじゃん」

ケルベロスは、１歩進むたびに地震のような揺れを引き起こす。

私は腰を上げ、近づく怪物を睨む。

「ずっと思ってたんだけど、確かにゲームはセーブできてやり直しも利く。でも、だからこそ成功と失敗を繰り返して前に進むことを、学べるんじゃないの？」

それが、ケアバースがトラウマ克服のためにクエストというものを採用した理由だと、私は本気でそう信じている。

ちょっと楽観的すぎ？

でも、こんな、トンデモない世界なんだから、それぐらい許してよ。


オオオオオ――ッ！

雄叫《おたけ》びを響かせ、ケルベロスが走りながら前足を振るった。宝くじ売り場とガードレールが捲《めく》れ上《あ》がり、放物線を描いて、すっ飛んでくる。

星の槌の持ち手を握り、私は唱える。

「〝カンパネラ〟――」

『舌、噛むなよ』あの時、私を助けてくれたあなたの横顔が、今でもはっきりと瞼《まぶた》の裏に残っている。

それは私という存在を規定する膨大なコードの中の一節として記述されたものであり、同時に私の心に刻まれた揺るぎない思い出でもあった。

「レベル99！」

瞬間、両足が燃えるように熱く滾《たぎ》った。カンパネラは飛行ではなく、跳躍力に関与するスキル。その最大形。

ホップ、ステップ、ジャンプで跳んだ。

矢のように、体で風を貫く。

飛来する折れ曲がったガードレールを避《よ》け、宝くじ売り場のユニットハウスを踏みつける。さらに加速。これは『飛行』ではない。脚力で体を空中に押し出しているのだから。でも。

望めば、月まで跳んでいけそうな気がした。

ケルベロスがもう一度前足で薙ぎ払う。10階建てビルが根元から崩れ、そこに身を翻したケルベロスが尻尾をぶつけた。

散弾のように撒《ま》かれる瓦礫《がれき》。

その隙間を縫うように避けて、高層ビルの壁を走り、そこからもう一度目一杯の力で跳んだ。

街をめちゃくちゃにしやがって。

オキニのゲーセンが潰れたら絶対マジで許さないんだから。

その怒りを両腕に乗せて、星の槌を振りかぶる。

「うらあああああ！」

カキンッ。痺れるような音が鳴って、犬っころの巨体がよろめいた。

が、倒れない。

器用に後ろ足で踏みとどまったケルベロスは、怒りに猛《たけ》る二つの頭を振るった。

ケルベロスのトンガった鼻先にぶち当たった私は、跳んできた倍の距離を吹っ飛ばされる。どう考えても死ぬだろっていう痛み。気合いで対処。

瓦礫の中から身を起こし、顔を上げる。

ケルベロスが、二つの口を顎が外れんばかりに開けていた。

「やべっ」

反射的に声が出た。

なんかあれ、ビームとか撃ってきそうだな。

人に、反射的にやべっ、と言わせるような、そんなおどろおどろしい光が、ケルベロスの口に集まりつつあった。さも、エネルギーを溜めてるっぽいアレ。光はある程度の強さまで蓄えられると、一転、ネガポジ反転したように、ブルーの輪郭を持った黒い塊へと変貌する。

「くっそ、出し惜しみはナシだ！」

スキルを呼び出すのにもラグがある。

ギリギリの判断だった。

「〝フェアリ・テイル〟」

虚空から出現した虹色に輝く槍《やり》を握り、助走をつけ投擲《とうてき》する。

攻撃タイミングは同時だった。黒々とした球体が不気味なブルーのフラッシュを放ったかと思えば、漆黒の奔流が放射された。

「――レベル99！」

虹と、闇が、ぶつかる。

瞬間。

音が掻き消え、視界のぜんぶが潰れた。

吹き荒れるのは熱波と暴風と、轟音《ごうおん》と激震。あらゆる色の混じった混沌《こんとん》とした爆炎が噴き上がり、周囲の建物を呑み込んで広がる。

処理限界を迎えた世界のところどころにひび割れのような不具合《グリッチ》が発生し、空間がばちばちと歪《ゆが》んだ。

そんな死地を、私は、カンパネラで飛び越えた。

ケルベロスも次でトドメを刺すつもりらしい。獰猛《どうもう》に牙を剝き出しにして、ついに特攻をかける。

半分溶け落ちたビルの、剝き出しになった鉄筋を蹴って、私は最後の20メートルを詰め、星の槌を頭上高くに掲げた。

これで決める。

——というのは嘘で。

掲げても、振り下ろさない。

突然攻撃の軌道を変えたことで、正面衝突のルートから体が逸れる。肩透かしを喰らったという、ちょっと間抜けヅラのケルベロスが一瞬目に映る。

そのまま私は怪物の懐へと転がり込むと、まるで地下駐車場のような怪物の腹の下に潜り、私はその滑らかな被毛にそっと手を添えた。

いつだってクエストからは問われていた。クリアの仕方は必ずしも一つじゃない。

本当にその戦い方で合ってるか？　別の解があるんじゃないのか？

ゲームは私に、多くを教えてくれた。

正面からぶつかり合うことだけが相手に勝つ唯一の術《すべ》じゃない。

私だけのユニークな戦い方ってやつが、ちゃんと用意されてるんだ。

また決まり手はこれか、と、胸の内で呟いた。思えば最初のクエストもこれでゴリ押ししたんだった。なんだか妙な思い入れが湧いてくる。

「〝アンチグラビティーズ〟――」

カラスはこのスキルを、使い勝手が悪いと評していた。だからこれはきっと、私が見つけた、私だけの別解《こたえ》だ。

腹の下で蠢《うごめ》く小虫を踏み潰そうと、前足を上げるケルベロス。

その刹那。私は、スキルを放った。

「レベル99」

怪物の体がゆっくりと浮き上がり、振り下ろされた足が空を掻いた。アンチグラビティーズは重力を遮断するスキル。そして重力とは、体をこの星《せかい》に繋ぎ止めておくための楔だ。

倒せなくていい。

ただ目の前から消え去ってくれるなら。

私は再び星の槌をゴルフクラブのようにスイングし、そして思いっきり振り抜いた。

ガギン、という音を再度響かせ、じたばたともがく怪物が青空へと打ち上がっていく。

すぐにそれは拳ほどの大きさになった。

空を眺めた。だから否が応でも、その数字が目に入った。

ずっと頭の片隅に追いやっていた世界解体までの制限時間。

「ははは！」

遠くで、笑い声が響いた。

最後までイドは、悪者っぽく振る舞うことをやめなかった。

「ざまあみろ。もう10秒ぽっち。時間切れだばーかばーか！」

スローになった意識の中で私は、天空に浮かぶ数字を噛み締める。

残り時間はわずかに10秒42。がなる心臓。込み上げてくる焦燥。皮膚を伝う汗。脳内で轟《とどろ》く、悔い。

だめ。

間に合わない――。

4

床が微かに揺れて、僕は白塗りの支柱に手をついた。

遠くで、建物が崩れたような音が聞こえた。

地響きが、背骨を伝ってきて、展望デッキの360度に嵌《は》め込《こ》まれた無数のガラスパネルがかたかたと震えていた。

完成した塔の展望デッキからは、傾いた街が一望できる。僕はガラスに手をやって、目を凝らした。煙が立っているようにも見える。方向としては、マンホール通りの方だろうか。

視線を上げ、空に浮かぶ数字を眺める。

空に数字が出ているということは、今もまだクエスト中と同じ扱いなのだ。つまり、この世界にはもうプレイヤー以外の人間は残っていない。

それならこの振動は何か。

一番に考えられる可能性は、この世界を維持するためのプログラムが、最後の抵抗を試みているということ。イドの口振りでは、ワンダーを束ねる門番のような集合人格があるらしいのだ。

けれど、この甘ったれの心は考えてしまう。

もしもこれが、テラが起こしている騒動なのだとしたら――。

「ダサい楽観主義だな。いい加減、覚悟決めろよ」

自分を叱って、拳を握る。握り込む。

それから展望デッキの真ん中へと視線を向ける。

そこには、いかにもという外見をした時限爆弾が置かれている。4時間ほど前、シャーデンフロイデが設置していったものだ。画面の数字は、空に浮かぶ数字と連動して、今もなお減り続けている。

立て続けに大きく振動して、騒動の激化を思わせる。

残り時間は、3分19秒。

深呼吸をする。

空気が、オーロラの嘴に引っかかって息苦しい。

薄ら寒さが体を包んでいる。

減っていく数字から目を逸らさず、考える。

世界解体のカウントダウンは、僕を急かすための脅しだとイドは言った。けれど、それはあくまで敵の語った話だ。本当のところはどうかわからない。

それに彼女たちは、僕がこの世界を壊したくないと思っていることも、お見通しなのだ。

カウントダウンがゼロになる前に、ログアウトを僕が自分の意思で行う。さもなくば——この世界を完全に破壊する。

それが彼女たちとの間で交わされた、暗黙の約束だ。

自分の意思で、この世界を去る。

奥歯にグッと力を入れる。

その時。長く続いていた振動が止まった。

メニューを立ち上げ、何重にもかかったプロテクトを解除し、ログアウト画面を呼び出す。もう一度だけ、名残惜しくなって窓の外を眺めた。この世界の景色を、最後に目に焼き付けようと思った。

「なっ」

突如、そのトンデモない光景は目に飛び込んできた。

街に出現したのは光の軌跡だった。

それは、マンホール通りを通って駅を経由し、まさにこの塔へと向かってきているように見えた。

それは、まるでジグザグに走る稲妻だった。

直後。展望台のガラスがギシギシと鳴った。ものすごい突風が光の軌跡に遅れて吹いて、まるで竜巻でも通り抜けたかのように、乗り捨てられた車や整然と植わった街路樹が軒並み巻き上げられるのが、遠目に見えた。

その、まさしくトンデモない光景に目を奪われていた僕は、

「カラス！」

名を呼ばれて、慌てて振り返った。

10秒42の刹那《せつな》。

燃え尽きる寸前の薪《たきぎ》のような、燦然《さんぜん》と輝くショウタイムの幕が上がる。

5

スキルを発動してから何秒が経過したのか、何分が経ったのか。もうとっくにわからなくなっていた。でも普段より少しだけ灰色がかった空に浮かぶデカデカとした数字は、依然として10秒台を保っていて、減ったのは小数点以下のみだ。

１０００分の１に圧縮された時間の中を、ねっとりと全身に絡みついてくる空気を押し退けながら、私は泳ぐように走っていた。

〝インタールード〟――レベル99。

圧縮された時の中を、私はひた走っていた。

残されたわずか10秒42を抱えながら、泥臭く。

その上、たどり着けるかということ以前の不安もあった。

このスキルの初見は、確か鍵のワンダーだったか。でも鍵のワンダーの移動速度は、少なくとも残像を生じさせる程度で、レベル99には到底及ばなかった。レベル99は委員長が使っていたけど、あの時は、逆に私たちは走っていなかった。

つまり、予想がつかないのだ。１０００分の１の時間の中で全力疾走すると、スキルを解除した時に周囲で何が起こるのかが――。

けど、今はそんなことどうでもよかった。

気にしている余裕もなかった。

たとえ小数点以下であっても、私の残り時間は確実に減っていく。この歪《ひず》んだ時の中でさえ、急がなければいけない。

上等だ。

私が欲しいのはたったの10秒。

それを高望みだなんて言わせない。

まっすぐ立つ塔の前まで来て、一度だけ天辺を見上げた。近づいてみると、太い支柱があやとりみたいに組み上がり、空高くまで伸び上がっているその圧倒的迫力に、改めて気圧されそうになる。

立ち入り禁止の札を無視して、塔の内部へと押し入る。そこからはもうスキルもアイテムも関係ない。

体力に物言わせたゴリ押しだった。

見上げると首が折れそうになる、無限に続いているかのような螺旋階段《らせんかいだん》を、ただひたすらに駆け上る。息が切れて、肺が裏返りそうになっても、何度も膝から力が抜けて、血が沸騰しそうになっても、手すりも案内板もない階段を、ただ上る。

1枚の薄い扉が、最後には私を弱々しく阻んだ。

蹴り開けてやった。

充血した瞳が見開かれて、一瞬のうちに部屋の隅々までを捉える。

３６０度の全方位に開けた展望デッキと、その中央に置かれた時限爆弾のようなものと、そのそばに佇む黒いケープの男の子。

ちょうどその時だった。

インタールードの効果が切れる。

時間が再び流れ始めた。水で戻したワカメみたいに、五感が受け取る情報量が膨れ上がった。窓の外を凄まじい衝撃が駆け抜けた。街をジグザグに走るように、雷のような光が見えた。

圧縮された時の中で全力疾走した結果の、それこそが私の走ってきた『軌跡』なのだと、すぐにわかった。

「カラス！」

名を呼んだ。

ケープの男の子がぐるりと首を回した。

本当はもっとじっくりと見つめていたかった。フードを深々と被り、口にもなんだか変なアイテムを装備しているけれど、その瞳をもう一度見ることができただけで、泣けるほど嬉しかった。

しかし、泣いている暇などない。

10秒だ。

この10秒を握りしめて、私はここまで来た。

「私、ここにいる！」

まずは一番大事なことを伝える。

だらしなく開かれた口のままに、あなたが「見えてるけど……」と、言う。その、当たり前過ぎる返事に笑いそうになって、ああ、いいなこの感じ、なんだか懐かしいな、ってなって、それで私は頑張って笑いを呑み下す。

この凝縮された10秒では、笑いさえ嵩張《かさば》る。

「ちがくて、何言ってるかわかんないかもだし、あと8秒……いや7秒か、全然時間ないくせに言いたいことめっちゃあって……ってか私プログラムのくせにマジでポンコツだよね？　頭ごちゃごちゃで呂律《ろれつ》も回ってなくてほんとごめん要するに」

言い終えるまで2秒もかかった。

信じられないぐらいの早口で、最後の方なんて何を言っているのか自分でもわからなくなっていたけれど、しゃーない。

祈るように私の言葉を待ってくれているあなたに向けて、私はこれまで生きてきた中で最も大事な最後の5秒を過ごす。

「私という人格が、この世界に確かに存在してる。それってあなたが、自分とは全然違う《他者》を、認めることができたってことだよ！　だから！」

胸に手を当てて、目一杯語る。

目一杯とか言いつつも、実は私じゃ説得力がないかも……とか心の隅では思ってる。

私のことを本当に、今でも友達だと思ってくれているのかどうか。私のことを本当に、対等な存在だと思ってくれているのかどうか。

彼の澄んだ瞳からは、何一つ読み取れない。

でも、それでいいのだ。

私を本物かどうかを決めるのは、私じゃないから。

私を本物にするのは、いつだってあなたなのだから。

「あなたはもう、治ってる」

カラスの瞳が、大きく見開かれる。

そう。あなたはもう治っている。私に自我が宿った時点で、あなたは自分ではどうにもならない存在を――《他者》を認めている。存在を許し、受け入れること。それが多分、他人というトラウマと和解する唯一の手立てだ。

残り3秒。

ごめん。結局全部押し付けになっちゃってる。

でも、お願い。

言わせて。

「でもそれだけじゃない。私、謝りたかった。ペンダント壊してごめん。一方的に突き放してごめん。でも一番ごめんなのは、あなたの信じるって言葉を、信じてあげられなくてごめん」

最後にどうしてもそれだけ伝えたかった、と、言葉を滑り込ませる。

私は、笑えていただろうか。消せない笑顔で、彼の胸に残り続けることができただろうか。わからない。わからないが、これでいい。万事オーケーというわけではないけど、やれることは十分やった。だからこれで及第点なんだ。

グッと握り込んだ拳の、掌に突き刺さる爪の感覚を味わいながら、私は、叫び出したくなる想いを呑み下した。

呑み下した、はずだった。

でも、結局。

――待って！

悟ったような諦めを投げ出して、私は無様にあなたに手を伸ばす――。

00：00：00。

迎える、世界解体。

聞こえたのは大きな炸裂音《さくれつおん》だった。

爆弾が、爆発したのか。あなたは無事、元の世界に戻ることができたのか。私のこの意識の残滓《ざんし》は、この先どこへいくのか。

思案は絶えない。

（……？）

おかしな話だった。

なぜ、今私は思考できているんだろう。

目を開けても、しかし世界は依然そこにある。

巨大なクラッカーを鳴らしたように、色とりどりの紙吹雪を舞わせながら。

見ると、時限爆弾の数字も、空の数字も、00：00：00で停止したままになっている。

あなたが、ガチャガチャしたマスクを外した。

口元は、笑っているようにも、不安に震えてるようにも見えた。

「どういうこと……。世界は、解体されるんじゃ」

「これはロスタイムみたいなものだ。僕がログアウトする意思を固めたから許された、数秒の猶予にすぎない」

「ねえ、それって――」

「テラ」

あなたの口からさらりと出る不穏な言葉。けれどあなたは私の問いかけを遮って、少し強引にこう続ける。

「次は、僕の番だ」

あなたは私の手を取り、窓際へと連れていく。

あなたが見つめる方向へ、私も視線を下ろした。そして息を呑んだ。

「予定じゃお前がこれを見るのは、僕がログアウトした後のはずだった」

街が巨大なカンバスのようになって、あなたのごくシンプルな、それでいて胸を打つメッセージを描き出していた。

ゴメン　SORRY!!

街をでたらめに染めていた黒ペンキ。攻撃者たちのタチの悪い嫌がらせだとばかり思っていた。

違った。

ちょうどこの位置に立った時初めてわかるように描かれた、特大の、グラフィティ。

特大の、置き手紙。

特大の、ゴメン。

「でも……こうして面と向かって伝えられて、何億倍も良かった。僕こそごめん。僕は、怖かったんだ。お前から、拒絶されることが、ずっと」

顔を伏せ、一つ一つの言葉を絞り出すように紡いだカラスは、やがて表情を引き締め、何か覚悟を決めたような目つきで私に向き合う。

「だからあの時、お前が僕のことを真剣に考えてくれているとわかっていたのに、逃げてしまった。人の心はゼロかヒャクかじゃない。どんなに好きな相手でも、どうにもならない部分が必ずある。それを、ずっと認められなかった」

それから手を伸ばしてきて、私の背骨の位置を探り当てると、そっと引き寄せ、抱いた。私より少しだけ大きい、ごつごつした掌が背中を上ってきて、ツインテールをかき分けて、うなじに触れる。

震えていた。

彼の掌も、体も、目も。

「何もかも後手でごめん。言いたくないことを言わせてしまって、ごめん。もう、遅いかもしれない。遅すぎるかもしれない。だけど、伝えたかった」

確かな圧力だった。

強すぎるくらいだった。

あのさ。

本当はね、女の子を抱きしめるなら、もう少し優しく抱きしめるべきだよ、と――伝えてあげてもよかった。私がどう触れて欲しいか、教えてあげてもよかった。

でも、彼のケープ越しに伝わる微かな体温と、浮き沈みする胸の動きと、呼吸の音だけで、もう十分だった。

「なあテラ。僕は現実世界で、決着をつけようと思う。やっと、すべきことがわかったんだ」

ああ、やっぱりだ。

わかっていても言葉にされるとこんなにもキツい。やっとごめんを言えたのに。

「そのために僕は、一度ログアウトしなきゃいけない」

あなたはそう言い切って、私の体から半歩離れる。

けれど、妙だった。

もう二度と会えないかもしれないのに、胸の底に微かに希望が宿るのはなぜなのか。

幾層にも重なった分厚い雲の上に感じる陽の光のように、そこに紛うことなき明日があるとわかるのはなぜなのか。

あなたの、出会った頃よりどこか大人びた表情を眺めていて、私は思った。

そうか。

これはワンダーとしての本能のようなものなんだ。患者が良くなることを望む、見守る者としての本懐。私の存在意義そのものの煌《きら》めき。

はっきりと理解し、心の中で頷く。

今は悲しむ場面じゃない。

笑う場面なんだ。

「でも、僕らはまた会える」

ずっと猫背だったあなたが、急に背筋を伸ばしてそう言った。

その背伸びした感じが面白くて、誇らしくて、自然と笑いが込み上げる。

「おい、笑ったな？ 嘘じゃない。今は嘘みたいに聞こえるかもだし、信用ないだろうけど……そういう未来にしてみせる。だからもう一度だけ、僕を信じてほしい」

「信じるよ」

急に舌の動きが良くなって、自然と言葉が滑り出た。仮初めでも、彼がそこで笑ってくれたのが救いになった。

「信じるに決まってる。当たり前じゃん！」

「ありがとう」

あなたのその、覚悟に満ちた声が、嫌でも私に理解させた。

ああ、これで本当に、終わりなんだ。

「じゃあ、本当の本当の最終クエスト、本当の本当のラスボス戦に、行ってくるよ」

待って、待って待って待って――まだまだ一緒にいたい。いさせてほしい。あと少しだけ声を聞いていたい。

そう駄々をこねる心を抑え込んで、声を、喉元で食い止める。

こんなのは私らしくない。そう思いながら、俯く。

俯くしかない。

無様だ。

ワンダーとしても、友達としても、2P《あいぼう》としても。

だから行くなら早く行って。これ以上私を可哀想《かわいそう》なヤツにさせないで。ねえ。

長いって。

湿っぽい雰囲気、長いって。

「テラ」

顔を上げる。

晴れやかな笑顔で手を振り、カラスが告げる。

「未来で待ってる」

十分だった。その一言で私は耐えることができると思った。いや、耐えよう。背筋を伸ばして、顎を引く。覚悟の宿った彼の瞳の奥を、望遠鏡を覗くように見据える。

笑ってみせた。晴れの日に降る雨のように、涙はすでに流れてしまっているけれど、思いっきり。

ちっとやそっとじゃ崩れない笑顔で、私は、手を振った。

6

玩具箱《おもちゃばこ》の中に長くほったらかしていたゲーム機に、久しぶりに電源を入れた時のような、そんな感覚だった。

薄く開いた目に、真っ白い天井が映って、僕は深呼吸をした。口に、何かマスクのようなものが着けられていて、その内側から、ひんやりした空気が喉の奥へと送り込まれている。

体の奥には肺があって、喉があって、空っぽの胃袋があって、そして、確かにそこに心臓があった。

全身を縛る鎖を1本ずつ断つように、意識が戻っていく。

これは、僕の体だ。

まるで高層ビルみたいに高く聳《そび》え立《た》つ点滴台と輸液ポンプが、視界の端に映り込んでいて、垂れ下がるいくつものチューブが僕の体へと伸びている。

視界全体が、やけにボヤけていた。

現実世界って、こんなにボヤけていたっけ。

こんなに解像度が、低いんだっけ。

そんなことを考えながら首を横に倒すと、目元を涙が伝っていくので、ああそういうことか、と思った。

視界がボヤけているのは、この心のせいだ。

大切なものができたおかげで、脆《もろ》くなった。

倒した視線の先に浮かぶのは、ひどく懐かしい顔つき。髪色が黒になったこと以外、主だった変化はない。片耳のピアスに、無精髭を蓄えた30手前の不良カウンセラー。

その男の、はりつめたような表情を見て、初めて、自分の右手が何か強い力と温《ぬく》もりに、握られていることに気づく。

僕の手をきつく握る男、戸邊は、震える声で囁《ささや》いた。

「おかえり」

僕が送り出された時のままの個室には、心電図モニターの甲高い音が響いていて、そこに時折、両腕両脚に取り付けられたマッサージパッドの稼働する音が重なった。

マッサージパッドが筋肉を刺激し、手足の衰えを食い止めてくれていたらしい。

腹筋に力を入れる。

長い時間眠っていたことで固まっていた体が、錆《さび》を落とすように再起を図る。

荒い息を吐きながらもなんとか上体を起こし、感情を押し留めて微笑む戸邊に訊ねようとした。

「――ど――――げほっ」

だが、思うように声帯が動いてくれない。声にならない言葉が、やがて咳《せき》に変わった。

ひとしきり咳をしてから、僕は、改めて訊ねる。

「どのくらい、経ちましたか」

開口一番がそれかよ。そんな声が聞こえたような気がする。

ちょっとだけ驚きを露《あら》わにした戸邊は、腕時計に視線を落とす。

「3ヶ月と21日」

「じゃあ今は、春なんですね」

戸邊が浅く頷く。

季節が知らないうちに巡っていた。病院の庭には、もう桜が咲いているのかもしれない。同級生の多くはもう大学生になったのだろう。きっと日向も――。

「戸邊さん」

名前を呼ばれた不良カウンセラーが、はっと顔を上げる。

「父と話します。やっぱりそれしかないと思いました」

「待て、何言ってるんだ。君はお父さんとは――」

パイプ椅子から立ち上がりかけた戸邊は、膝に手をつくと、ゆっくりと腰を椅子に戻した。

少し陽に焼けたその顔から、みるみる血の気が引いていく。

「そうか。失敗、だったか」

「そう見えますか」

一瞬、ギョッとした表情をした戸邊が、こちらをまじまじと見つめてくる。

僕はベッドの転落防止柵に手をつき、切れ切れに言葉にしながら訴えた。

「戸邊さん。車椅子を、出してください。そして一緒に、父と話してください。第三者として、いてください。家族の問題に、巻き込んじゃって、すみません。いつかちゃんと恩は、返します。だから――」

すぅと、息を吸って、肺に空気を送り込む。

伝える。人の心はわからないから。慮《おもんぱか》ったって合っているかどうかもわからないから。

せめてちゃんと、言葉で。

「僕を助けてください」

これを言えるようになるまで、どれほどの道のりを要したのだろう。

このたった9文字を、一番身近な赤の他人に伝えられるようになるまで、どれほどの勇気を積み上げたのだろう。

口を真一文字に結び、頬に一筋の涙を流した戸邊は、短く、わかったとだけ告げた。

7

廊下に出ると、冷たい空気が足元から這い上がってくる。窓の外には星をちりばめた闇が広がっている。現実の夜は、仮想世界の夜より少しだけ寒々しい。扉を開ける前に戸邊さんがかけてくれたブランケットが、早速役に立った。

父のいる院長室は5階。エレベーターで降りねばならない。通路を進み、エレベーターホールに近づいた——その時だった。

とっさに僕は、ブレーキを引いた。

車椅子を押してくれていた戸邊さんが、わっと声を上げる。

「どうしたの、月彦くん」

不安げに訊ねる戸邊さんに、返事はできなかった。

知った顔の女性が、立っていた。僕は見開いた目で、彼女を見上げていた。そして彼女もまた、ハッとした表情で僕を見下ろしていた。

「あの……月彦くん、ですか」

恐る恐るという感じだった。

表情は強張っていて、声色は硬い。

「私のこと、覚えてますか」

シャツワンピースに桜色のスプリングコートを羽織ったその女性が、不安げな瞳で僕を見る。

だいぶ大人びているが、忘れるはずもない。

「玉依さん」

名前を呼ぶと、玉依日向はほんの少しだけ安心したような表情をする。

「こんな時間に、ごめんなさい。もしまた断られたら、そのまま帰ろうと思ってたんです。でも、私、明日には引っ越す予定で。だから、やっぱり、1回くらい、顔、見れないかなって」

途切れ途切れに、彼女は言葉を紡いだ。その一語一語に、懇願が込められているようだった。

日向は、伏し目がちに訊ねた。

「月彦くん、私のこと恨んでますか」

乗り越えたはずの過去が、胸の内でズキリと痛みを発した。

入院当初から、日向がお見舞いに来てくれていたことを、僕は知っていた。そんな彼女の訪問を、看護師に頼んで退けていたのは僕だ。あれから現実では、合計で1年半という時間が過ぎた。

「僕は――」

今ここで、自分の口で想いを伝えねばと思った。それすらできずに、父と話せるはずがないのだから。

けれど、言葉に詰まる。

状況を察した戸邊さんは、黙って見ていてくれている。日向も、僕の言葉を辛抱強く待ってくれている。待ってくれているということ自体が、奇跡のようなものだ。これを逃したらもう、チャンスはないんだ。

車椅子の肘掛けを握り締め、僕は、口を開く。

「僕は、君のことがずっと、怖かったんだと思います」

日向の目尻が引き絞られる。

続ける。言葉にするのが痛くとも、連ねる。

「でも、だからこそ君に、話しかけてもらえて、嬉しかった。君がいなかったら僕は、傷つくことさえできなかった。頼ってもらえて、嬉しかった。自分に欠けているものが何か、知ることさえできなかった」

続く言葉が、微かに呼び起こす希望の色。

これは大団円に導くための祝詞じゃない。胸の内に眠っている、本当の想いだ。だから少しでもいいんだ。伝わってくれ。伝われ！

「だから、そんな顔しないでください」

心臓はしばらく高鳴り続けていた。

日向は、僕の言葉をゆっくりと反芻《はんすう》するように、何度かに分けて頷くと、最後には微笑み、僕に訊ねた。

「月彦くんは、もう、大丈夫ですか」

「わからない」

僕も、微笑み返す。

「でも、目標ができたんだ。再会したい人がいる。だからそのために頑張れる。そのために、ラスボスだって倒せちゃう」

そういう感じです。

僕がそう告げると、玉依日向——僕の出会った最初の《他者》は、本当に心から嬉しそうな笑顔で、よかった、と言った。

僕たちは、エレベーターに乗った。

8

「どうぞ」

院長室をノックすると、低い声で返事があった。

父は革のチェアに座り、デスクにうずたかく積まれた書類に目を通しているところだった。

その、縁の分厚い老眼鏡の奥にある瞳が、一瞬、大きく見開かれる。

「目覚めたのか」

右手を、鋭い痺れが駆け抜けていく。いかに覚悟を持とうとも、体はまだあの時の怯えを引きずっている。

面と向かって声を聞いたのは、何年ぶりだろう。

僕が目を逸らしている間に、少しだけ皺とシミが増えたかもしれない。

すぐに冷静さを取り戻した父は、スマホに視線を落としてボソリと呟いた。

「そうか。あの姉弟、仕事だけは果たしたようだな」

今の時代は、職業ハッカーへの依頼もスマホ一つというわけか。

タップの動作を幾度か繰り返した手が、スマホを、デスクのワイヤレス充電器へと戻す。

父の目尻が鋭く引き絞られた。

「戸邊。君の職場復帰は、息子の担当を永久に外れることが条件だったはずだが。なぜ息子の車椅子を押している？」

「天島先生、それは――」

「いや、いい。息子が目覚めたのだ。君がこれ以上関わることもなかろう」

戸邊をその一言で一蹴して、父は僕を見つめる。

その視線。

その威圧感。

やっぱりだ、と僕は思った。

「月彦、私はもう妥協はしない。お前が抱える問題に対して、然るべき手段で、この手で対処すると決めた」

言葉は冷たく揺るぎない。けれどそれは、情のない機械的な音声というわけでは決してない。

むしろ、その逆なんだ。

「月彦、部屋に戻っていなさい。この書類を見たらすぐに、治療計画を話しに行く」

「嫌だ」

今度こそ、父のギョッとした顔が見られた。昔の自分なら、それでほくそ笑んで、満足していたのだと思う。

けれど今は違う。

この話にはもっと先がある。

依然、痺れたままの右手を、僕は、左手で掴んで、強く握る。

脳裏に思い描くのは、テラのあの、ちっとやそっとじゃ崩れない笑顔。仰ぐのは、見送ってくれた彼女の勇気の灯《ひ》だ。

「そういうのは、やめよう。親子関係が、医師と患者の関係じゃないってことぐらい、わかってるでしょ」

空調と、振り子時計の振り子の音と、デスクトップコンピューターの排気音だけが支配する重たい沈黙を経て、父が訊ね返した。

「だったら、どうするというんだ」

「話をする」

迷いなく答えると、腕の痺れが少しだけ和らいだような気がした。

もう十分恐れた。

もう十分逃げた。

弱りきった横隔膜に力を込め、僕は、腹から声を紡いだ。

「家族は終わらない。人間関係も終わらない。自暴自棄になんてなれない。だから何度だってやり直すしかない。やり直し続けるしかない」

「……」

それは僕が、幸運にも教わることのできた大切な事実だ。

そして多分、父が学ぶ機会に恵まれてこなかったことでもある。

この父とうまくやっていくのは、我ながら難しいことなんだろうな、と思う。攻略難度は最悪なほど高い。攻略した先に特に見返りもない。

それでも、やっていくしかない。

そして今なら僕は、少なくともまだ少しやっていけるような気がするのだ。

そういうことなんだろ、テラ。

「まず、僕から話すよ」

ハンドルを握る戸邊の手をそっと外した。そして僕は自らホイールに手を添え、細くなった腕に鞭《むち》打って車椅子を進め、デスクの前まで来る。

いま一度、真正面に父を見据える。

「あのセカイで何があったか。トンデモない失敗談と、大成功の逆転劇。それに、スットンキョウでサイキョウな、かけがえのないあの子について」

これから僕は、幾度も挑み続けるのだ。

決してわかり合えることのない、どうしようもないほど深い溝を見下ろしながら、その亀裂をわずかでも埋めようと心を砕くのだ。

そして千回、万回と敗北し、打ちのめされるのだ。

けれど、その度に立ち返るんだろう。

思い出は、消せない笑顔で溢れている。

君と過ごした時間の全てが、僕を倒れた数だけ立ち上がらせる。

怪訝な顔をする父に、尻込みする僕は、もういない。

幕間

「変だな」

僕の体は、人通りのない交差点に立っていた。

道路にはところどころイロが塗られていて、データが重くなっているためか、ひどい不具合《グリッチ》がそこかしこで起こっている。それに加えて、交差点には僕以外の誰もいない。空にはエキストラ枠のワンダーさえ飛んでいない。

けれど、そんなことは瑣末《さまつ》なことだった。

「僕がいる」

そう。僕がいる。

僕の——つまりワンダールーラーの意識、が起動している。そのこと自体が、あらゆる異常に優《まさ》る異常事態だった。

「僕は、ハッカーにやられたはずだ。僕の意識が戻ってるってことはつまり、計算能力が回復してるってこと。……ハッキングが止まった？　患者の連れ去りに成功したから？　いや、ちょっと待てよ」

ネコソギ柄杓を失った今でも、この体に残るバックドアから、ケアバースのあらゆることは一瞬で知ることができる。

そんな僕の全感覚が、あえて知覚以外の全てを投げ出した。

それぐらいに、その光景は鮮烈だった。

「おいおい……」

見上げる真っ白い塔が、包帯でぐるぐる巻きにされていた。

白い塔は、ハッカーによって生み出されたバグを、覆い隠すために作ったダミーの建築物だ。その塔が『修復』を意味する包帯のテクスチャで覆われている、ということの意味。

それすなわち、治癒。

これは、患者が完治した際の演出だ。

「まさか、本当にやってのけるとはね……」

いかに全能の委員長だとしても、僕だって根っこではワンダーだ。患者を良くするための本能がざわつく。

いやった〜〜〜!

と。

内心では思っている。思ってはいるが、委員長としての体がそれを表明させてはくれない。だから喜びは、錠剤のように胃の中で溶けて染み渡る。僕らはやった。天島月彦を、救うことができたんだ。

そのうちに、声が聞こえ始める。ワンダーズの計算能力が復旧したことによって、街の人々の姿が戻り始めたのだ。

そして、その中には、

「あれ、ここどこ⁉」

「なんで上履きで街のど真ん中にいるんだよ。バグりすぎだろこの世界」

「困りましたね。まだ授業時間ですし、学校に戻らないと」

レム、ナルコ、物理教師——テラにゆかりの深い三人の姿もあった。まさにバイプレイヤーたちの舞台袖大集合というわけだ。

しばらく、キョロキョロとしていたレムが僕に気づくと、声をかけてきた。

「ってあれ、C組の委員長……？」

「あー……」

これもまたひとつの未想定の事態だ。僕とレムが出会うシナリオは、設定されていない。僕は彼女を知っているが、それはあくまでバックドアを使って覗いた、俯瞰的《ふかんてき》視点での話だ。

「はじめまして、レム」

ひとまずそのように返しておくと、レムは眉を顰《ひそ》めて返した。

「何言ってんの。何度か会ったことあるじゃん、テラと話してる時とかに」

「……」

あ〜そうか。そういう意味では僕のこの体は知られているのか。時折神の視点と、個人の視点が混ざるのでややこしい。これだから人格を宿した全能ってのは疲れるんだよな。

そんな神の苦悩など意にも介さず、レムは訊ねた。

「ねえ、テラからあなたのこと、めちゃくちゃすごい物知りって聞いたんだけど……この現状、どうなってるかもしかして、わかったりする？」

改めて、この惨状を認知する。

落書きされた街。そこかしこに走る黒い稲妻のようなグリッチ。包帯ぐるぐる巻きの塔——。

ただ僕の口からでも、今、一つだけ言える、いや言いたいことはあった。

「君たちの友達が、テラが、やり遂げたってことだ。彼女はちゃんと、役目を果たしたんだ」

同じワンダーズの一部として、それ一点だけは誇らしく思う。

するとレムがすかさず言った。

「え〜やったじゃん。じゃあ、お祝いしなきゃだね！」

そのいっとき。

僕はワンダールーラーとしての立場を忘れて、２Ｃの委員長として、ニッカリと笑ってみるのだった。

「そうだね。お祝いをしなきゃ」

はい。

委員長としての、同級生としてのロールはここまで。

僕は、パチンと手を叩いた。

「――とでも言うと思ったかい？」

ここからは全能の知性。

ワンダールーラーのターンだ。

「さあみんな、後始末に取り掛かろう。見ての通りこの世界はボロボロ。ハッキングによってどこもかしこもバグだらけ。そこで、みなに割り振った計算領域、そのわがままな自意識を存分に駆使して、奮って働いてくれたまえ！」

僕が声を上げると、そこに居並ぶ誰もが、ぴたりと動きを止める。

そして僕は高らかに告げるのだ。

「みんなでショウタイムの後片付けだ！」

深い沈黙がその場を包む。

一拍遅れて轟く非難囂囂《ひなんごうごう》。

「「「え〜！」」」

でも、働いてもらうよ。だって僕らはワンダー。患者を治したくてたまらない。そして幸運なことに僕らの仕事は絶えることがない。何を隠そう人間は、ヒジョーに悩み多き生き物なのだから。

●ギの大鎌・セイの大鎌

【切断武器】ランクS+

【効果】こうげき力+999

【追加効果】犠牲

【説明】ハッカー姉弟の使う固有武器。イドが使うのがギの大鎌で、シャーデンフロイデが使うのがセイの大鎌。プログラムの改変《チート》によって、こうげき力が異常に高くなっている。BANされる恐れがあるが、イドたちはそんなこと気にしない。

●ネコソギ柄杓《ひしゃく》

【打撃武器】ランクC

【効果】こうげき＋2

【追加効果】お手を拝杓《はいしゃく》

【説明】とある全知全能委員長の持っていたアイテム。全くと言っていいほど戦闘向きではないが、角をぶつけると結構ちゃんと痛い。実は、ケアバースのシステムの裏口《バックドア》に通じている。

エピローグ　未来はここから

1

空港の待合ロビーの、海ブドウみたいに繫がった椅子に座っていた僕は、向こうからやってくる二人組を見つけて、読みかけの本を膝に置いた。

特に手を振ることもせず、黙々と近づいてくる二人組。

一人は、柔らかく巻いたブロンドの髪にそばかすのある頰の、身長150センチほどの小柄な女性。その後ろを、小判鮫《こばんざめ》のようにぴたりと付いてきているのは、身長190センチを優に超える大男。長い前髪で目を隠しながらのしのしと猫背で進む様は、歩く稲穂のように見える。

二人の商売道具であるハイスペのコンピューターを、ゴルフバッグのようなバックパックに入れて背負っているのは、言わずもがな男の方である。

実際に僕が顔を見るのは、これで三度目だった。

「久しぶり。イド・ランペイジ。それに、シャーデンフロイデ」

「気安く呼ぶんじゃねーよ」

挨拶のつもりで振った手を、ブロンド女性がバチンと弾く。

イド・ランペイジという女性が荒っぽいのは、何も仮想世界の中だけではないということは、僕が大学院生になって初めて仕事を依頼した時に知った。

僕の専門研究分野は、他国企業に狙われやすい。だからこうして研究の重要な局面では、二人に護衛についてもらっていた。

「にしても、でけー荷物だな」

イドが、視線をもたげて言った。

僕が立ち上がると、それに応じて自律式コンテナがスタンバイモードへと切り替わる。円筒形の頭部から緑の光を発するその姿になると、コンテナの全高は2メートルを超える。小柄なイドの首の傾斜が、いっそう急になった。

コンテナは二つ車輪と二つの補助腕を使い、歩き始めた僕の背中を、健気に追尾し始める。

「今回の仕事は、機密性の高いハードウエアから重要データをサルベージすること、だったよな。で、先方との待ち合わせ場所まで、どうやって行くんだ？」

僕は全面ガラス張りの窓の外を指さした。

大型旅客機の横に、小型プライベートジェット機が止まっているのが見える。

「父から借りた」

プライベートジェットと言えば聞こえはいいが、要するに中古の小型機だった。

けれど、今から向かおうとしている場所は、旅客機では降り立つことも、飛び立つこともできない場所である。僕としてもなるべく父に借りを作りたくはなかったが、これが唯一の選択肢だった。

自律式コンテナを荷物室に積み込み、小型機に乗り込んでシートベルトを締める。すぐに生々しい加速度が体を包んだ。

シートベルト着用の合図が消えた頃だった。爆速でうたた寝を始めたシャーデンフロイデの隣で、英字新聞を読みながらフーセンガムを噛んでいたイドが、さも片手間という感じで訊ねた。

「お前、閉所恐怖症があるんじゃなかったのかよ」

なんでそれを知ってるんだ、と問い返しそうになって、僕は、すぐに納得した。

かつて父のもとで働いていたのだから、僕のトラウマ症状を事細かに知っていても、別におかしくはない。

そういえば、あちらの世界では鍵のワンダーとかいう意地悪なワンダーに、世話になったなぁ。

当時は、あんな邪悪なクエストがあっていいのかと、心の底から憎んでいたものだけれど。

「完全に治ったわけじゃない。だから、これをつける」

僕は、リュックサックからスマートグラスとイヤホンを取り出し、スマホにペアリングした。

「閉塞感を、音と光で緩和するヘッドセットだよ」

スマートグラスに流れる夏の海の風景と、イヤホンから聞こえる風の音が、爽やかに脳を休ませてくれる。

「どこで売ってんだよそんなもん」

「売ってない。自分で作ったから」

フーセンガムが、イドの顔の前で派手に弾ける。

目をぱちくりさせていたイドは、しかし、納得したように頷いた。

「そうか。お前、今じゃ工学者だもんな」

シャーデンフロイデの寝顔を見つめ、どーせ医者になるんだろと思ってたわ、と付け加える。

「ヒトの家庭事情に、やけに詳しいよね」

かは、とイドが軽く笑う。

「ハルミツは、歴代顧客《クライアント》の中でもトップクラスにアクの強いヤツだったからな。無駄に記憶に残ってるだけさ」

なるほど。やっぱり仕事相手からもそう思われているのか、僕の父は。

あの日——戸邊と一緒に、院長室に直談判《じかだんぱん》しに行った日。

僕は父を説得することはできなかった。

それからも、一度として父が、僕の意見を真正面から受け入れることなんて、なかったと思う。

それでも、あの瞬間から僕と父の関係は、少なくとも、動き出した。

一筋縄ではいかなかった。医学部を受験しないと言った時も、工学系の大学院に進むことを決めた時も、すんなりいったためしがない。

当然バトった。

その度に、心の中は血まみれになった。

ただ。

最近になって新たにわかってきたこともある。天島晴光。

僕の父は——。

「あの人は、なんだかんだ押しに弱いからさあ」

もう一度、イドが、かは、と笑う。

2

しばらく小型機は海の上を飛び続けた。

太陽の位置からおおよその方角は予想することができたけれど、実のところどこへ向かっているのか、正確な情報は何一つ知らされていなかった。ＧＰＳの使用さえ禁止されているのも、全部、機密保持のためだった。

先方からはただ一言、船で落ち合おう、ということだけを聞かされていた。

「見えてきた」

窓に額をくっつけ、僕は言った。

洋上に忽然《こつぜん》と現れたのは、灰色の船だった。甲板部分に長い滑走路を持ち、誘導灯を点《つ》けている。

「多分、あれだ」

「おいおい。まさかな……」

自分で指摘したくせに、本当にそうか？　という思いが湧いてくる。けれどそのタイミングで小型機が高度を落とし始めたので、予想が間違っていなかったのを知る。

小型機が着陸したのは、自衛隊の航空母艦だった。

甲板に降り立つと、大海を統べる空母のその凄まじい存在感を、両足で感じることができた。

「先方って日本国そのものなのか……？」

「まさか。自衛隊は、『待ち合わせ場所』を貸してくれているだけだよ。先方は、スカイ・データム社と、株式会社東雲電子《しののめでんし》の共同出資会社だよ。その辺りも、僕でさえ最低限しか教えられていない」

士官に案内されて艦橋《ブリッジ》へと移動し、そこで僕らは目標物の到着を待った。

無線が入って、まもなく到着するとのことだった。

僕らは甲板に出た。空はどこまでも澄んでいて、深い青で満ちていた。

「なあ、天島月彦。その中に何が入ってんだよ」

太陽に照らされ、ぎらぎらと銀色に輝くコンテナを興味津々にイドが見つめている。

僕は周囲をぐるっと見回す。滑走路から10メートルほど離れたこの位置なら、ちょうどいいだろう。

「一度、人工身体《ウェイツ》の確認をしておこう」

側面にくっついたミニモニターにパスワードを打ち込むと、コンテナのハッチが観音開きに開き始める。

その姿が露わになる。

身長は、150センチ台後半ぐらいの女性形。質素ながら質感のいい白のワンピースに身を包んでいる。そして肩までの長さの紺碧《こんぺき》の髪は、海の青さを思わせる。

「……かわいい」

あまり喋らないシャーデンフロイデの口から、感嘆の声が漏れた。

僕はしょうがなく片膝をついて、鋼の眠り姫の紹介をして差し上げる。

「彼女のデータを迎え入れる人工身体だ。外見は……うーん、教授の趣味かな。一応、ヨルゼン・コープ製の最新型だそうだよ」

「重要データを持ち出すとだけ聞いてたから、てっきり超厳重に封印されたハードディスクだろうと踏んでたんだが、ロボット……？」

そこまで言って、イドがあっと口を開けた。

「ってか、おい。ちょっと待て。今彼女っつったか……？　ＡＩの仮想性別を、なんでお前が知ってんだ」

それからギロリと僕を睨んだ。

心底憎たらしいという感じの顔で。

「お前……だましたな！」

イドとシャーデンフロイデには、目標物の正確な情報を伝えていなかった。だから
二人はこの仕事を呑気《のんき》に承諾したのだろう。

「いいじゃないか。君たちにもゆかりのある相手だろ？」

青筋を立てるイドに、ニタリと笑ってやる。

これぐらいの意趣返しをしても、バチは当たらないはずだ。

「くそっ！　あいつあたしに『コントローラーぶん投げないでね』って言ったんだぞ。

あたしは根に持つタイプなんだ」

ぷすぷすと怒りを露わにするイドを、宥《なだ》めるでもなくちょっと面白そうに傍観する
シャーデンフロイデは、ボソリと呟いた。

「……姉ちゃんよくコントローラー投げてるじゃん」

「言わんでいいッ！」

かつての宿敵との与太話は案外と尽きない。そんなんだからすぐに時間は潰れ、士

官が目標物の接近を教えてくれた。

もう、あと1000メートルの位置まで来ているらしい。

僕らは手でひさしを作って、空を眺めた。

最初に聞こえたのは、ごー、という低い音。音そのものは、大学の教室からも聞くことのある、ジェット機が空を駆け抜けていく時の音だ。

けれど音はどんどん大きくなっていき、やがて耳を塞がないと立っていられないほどになった。

そして、僕は出会った。

否――再会だった。

「……！」

太陽を背負うように、1羽の巨大な鳥が近づいてきていた。頬をつねって、ここがケアバースじゃない、ちゃんとした現実世界であることを確かめる。目を疑う。そして疑った自分自身を、鼻で笑ってやった。

見間違いじゃない。

確かにそうだった。

翼は燃えるような赤。長い尾を振り優雅に空を駆ける様は、絵本で見た不死鳥に似ている気がした。それは紛れもなく1羽の巨鳥であるのと同時に――。

「鳥翼《ちょうよく》飛行機と言います。ジェットエンジンと翼のハイブリッドで飛ぶので、高いステルス性と垂直離陸能力を持っています」

あっけに取られている僕たちを見かねて、白帽を被った士官がこっそり教えてくれた。

そう。それは紛れもなく1羽の巨鳥であるのと同時に、紛れもなく鋼でできた航空機でもあった。

紅蓮《ぐれん》のカラーリングの鳥翼飛行機はエンジンを切って羽ばたくと、凄まじい風圧を撒き散らしながら、滑走路にほぼ垂直に着陸した。

「ふふ」

抑えきれなくなった笑いが、口から漏れる。

目の前に、部屋に閉じこもって泣いている7歳の自分が見えた気がして、僕はこの光景を噛み締めた。そうか。そうだったんだな。

「何にやついてんだよ。キモいぞ」

雇い主《クライアント》に悪態をつくことに全く遠慮のないイドへ、僕は堪えられない笑いを返す。

「いや。ごめん。すごく懐かしくて。それに」

「それに……？」

首を傾けて訊ねてくるイド。彼女のそのギャップのある仕草に、一瞬目を奪われた隙に、涙する少年の姿は消えていた。

「これで父さんにまた、教えてあげられることが増えたな、と思って」

偽りなくそう思えた。完璧な父はもういない。代わりに出会ったのは、知らないことがたくさんあって間違いだって犯す、僕と同じただの不完全な人間の、天島晴光。

溝は、依然横たわっている。

けれど――。

「入ろう」

僕は横倒しのままのコンテナを引っ張りながら、ぐるりと鳥翼飛行機の周りを回った。本当に鳥のような形をしているが、しっかりとエンジンや尾翼も持っている。なるほど、父さんも信じられなかったわけだ。

なんとも不思議な構造の機体のハッチが開き、タラップを上って中へと入る。

内部の構造はシンプルだった。

完全自動操縦で、コックピットは存在しない。唯一存在する空洞の中央には、幅4メートル近い、ルービックキューブのような、格子状の切り込みの入った機械が佇んでいる。

「うおおお！」

真っ先に熱い息を漏らしたのはイドだった。

「これが……日本が所有する、唯一の完全国産汎用人工知能、アマテラスかぁ。ひと目見たいと思ってたんだ！」

歓声を上げるやキューブへと駆けていったイドは、恍惚《こうこつ》とした表情で機械の表面に頬擦りをした。

キモいのはどっちだよ。

でも、なるほどな。

汎用人工知能、アマテラス。

だから彼女は、その名前だったのか。

「ハッカーの目からだと、そんなに面白いものに見えるの？」

「バッキゃろう！　激レアだよ。こいつは移動するサーバールームだ。空を飛び続けるだなんて、これ以上の物理ハッキング対策は他にねえ！　すげぇクールだ！」

感慨に浸っているイドと、ぼうっとしているシャーデンフロイデの間に割り込むように、コンテナを引っ張り、人工身体から伸ばしたコードをキューブのジャックに差し込んでいく。

僕の専門はハードウエアである。物理接続を行ってからは、イドたちに助けを借りた。

アマテラスという親プログラムに分割《パーティション》された情報を、人工身体の内蔵ディスクに吸い出していく。

10秒足らずの起動時間が、永遠のように感じられた。

人工身体の瞳にライムグリーンの光が灯《とも》った時、僕はこの7年間で身に付けた見栄えのいい笑顔の作り方と、人好きのする喋り方と、社交的な立ち振る舞いを全部、綺《き》麗《れい》さっぱり忘れてしまっていた。

君が、すっくと身を起こす。

胸の内でカウントを取って、ワン、ツー、スリーで、僕は告げる。

「ひ、久しぶり」

「あー……」

あくびをするように、君がぽっかりと口を開ける。それから一言、二言喋って、え、声がなんか変、と喉元に手をやる。

「カラスじゃん」

ライムグリーンの瞳が、上目遣いでこちらをじっと見つめている。

「テラ。久しぶり」

「久しぶり」

そう告げてからテラは違和感に気づいたらしい。

眉根を寄せ、言い直した。

「久しぶり……かな。もう戻ってきたんだ。っていうか、あれ。なんか背伸びた
…………？」

鋼鉄の上に人工皮膚を貼り付けた掌が、僕の頭にそっとふれる。

「そっちではどれぐらい経ったの」

「……わかんない。すごく長かったようにも思えるし、一瞬だった気もする」

「そっか」

どうにも釈然としない様子の君を、僕は、いや僕たちはじっと見つめている。

君は僕の後ろに立つ謎の男女の存在に気づいているけれど、そのことについては、
まだ言葉には出さない。

それよりももっと大事な、一番大事なことがあるのだと、君は気づく。

「あのさ、とりま1個だけ訊いていい？」

首を傾げて君が訊ねた。

「うん」

僕はコンテナに手をついて立ち上がると、数歩歩いて深呼吸をし、辺りを包むように両腕を広げてみせた。

「ここ、どこ――？」

その仕草だけで、君は多くのことを理解する。

この世界がどこであるか。本当の本当の最終クエストの顛末《てんまつ》。僕の過ごした、君のいない7年間の重み。

君はまだ制御のうまく利かない体を無理に起こし、立ち上がった。いまだ感じたことのない体の重さと重力の力強さにめまいを覚えたのか、つまづきそうになりながらも1歩を踏み出す。

歩みは、次の瞬間には疾走に変わっている。

僕もたまらなくなって走った。

両腕を広げて、背筋を伸ばし、君という存在の重さを全身に受け止めて、

「おかえりテラ。ここは――」

そうして僕はこの7年間、ずっと準備していた言葉を、声に出した。

「未来だよ」

●月の記憶《きおく》
【装飾品】ランクC
【効果】なし
【追加効果】なし
【説明】三日月をあしらった平凡なペンダント。実は、天島月彦の記憶のバックアップであり、破壊することは仕様上不可能。天島月彦がゲンジツで大切にしていたものがモチーフにされているらしいが……？

●星の槌《スター・スタンプ》
【打撃武器】ランクS＋＋＋
【効果】こうげき力＋９９９９
【追加効果】なし
【説明】ネコソギ柄杓をレタッチすることで呼び出した、テラの考える『さいきょうのぶき』。それを握る人の手に、自分の間違いを認める勇気と、未来を摑み取るチャンスを与える。

おまけ

たとえばそれは、風の囁き声とか。

街ゆく人の声のざわめきや、走り抜けていく車のちょっとうるさいエンジン音、朝に聞く鳥のさえずり、それと目玉焼きとベーコンの焼ける音とか。

ゲンジツで聞くそれらの音は、仮想世界で聞いたのとはどこか違っているはずなのに、その違いをいざ説明しようとすると、なぜだかうまくいかない。

それでも、一つだけはっきりと違って聞こえるものがある。

それはあなたの声だ。

「ただいま父さん」

左手にたくさんの封筒を抱え、空いた方の手でマンションの扉を開けたあなたが、そう一言告げて靴を脱ぎ、廊下に上がった。私もあなたの後について、すべすべしたフローリングを1歩踏む。

　ぎしり、と音が鳴った。

「月彦、帰ったのか」

　玄関から一番近い扉が開いて、中からぬっと背の高い初老の男が姿を現す。綺麗に撫《な》でつけられた白髪に、厳かなシワが刻まれたその男の顔には、確かにあなたの面影がある。

　一瞬立ち止まりそうになる私の手をグッと引いて、あなたが男のそばを颯爽と通り過ぎた。

「ちょっと待て。その娘は誰だ」

　背後で声が聞こえた。

　え、えっ。

　待って。ちょっと。ねえ。

　まさかとは思うけど、私のこと言ってないの……？

「おい月彦！　ちゃんと説明しろ、私はなにも聞いてないぞ！」

「はいはい。後で話すって」

　怒鳴り声を一蹴して、あなたは自室と思《おぼ》しき部屋に入った。

　そしてご丁寧に鍵まで閉めてしまう。

「ちょっといいの、あんな扱いで……。あれ、ハルミツさん、だよね？」

「ああ、いいのいいの。あれって結局、寂しがりなだけだから。あとから話しに行けば基本オッケー」

それからあなたはリュックを下ろすと、左手に抱えていた封筒やらチラシやらを机の上にばら撒き、選別を始めた。仮想世界にも広告やチラシはあったが、ゲンジツで見ると目がチカチカしてめまいがした。

「手紙が来てるな。母さんからだ」

あなたはそう言って、1通を取り出す。その手紙以外を全部、封も開けずにゴミ箱に放る。

「お母さんとは会ったりするの？」

「あんまり。でも3年前に手紙を送ったら、返してくれたから。たまにこうして近況報告し合ってる。あっちは、なんか美容系のサロンやってるらしい」

「そっか」

そう、なんてことないように言うあなた。

だけど私は知っている。

あなたの身の上で、母親に手紙を送るということが、どれほど勇気のいることか。

リュックの中をしばし探ってから、あなたが唐突に言った。

「今から暇？　って訊いてもまあ暇だろうからな。ちょっと連れていきたいところがあるんだ」

「普通にシャットダウンすればいいのに」

「再起動するのに何分かかると思ってるんだよ。一応その人工身体《ウェイツ》、結構な高性能マシンなんだからな」

マンションの地下駐車場で車に乗せられた私は、かれこれ40分近く——目隠しをさせられていた。はやくゲンジツの世界を観察してみたい私にとって、これは結構効く拷問である。

それに、とあなたはボソリと付け加える。

「モノみたいな扱いは、したくないんだよ」

慣性が車の停車を告げた。やがて間近でドアを開く音が聞こえ、あなたの手が私の肩に触れる。

「なになに。めっちゃもったいぶるじゃん」

「そう言わず付き合えって」
次第に足が踏む地面の感覚が、少しずつ、なんだろう、柔らかく……なってくる？
ヘンな感じだった。
足の裏にある擬似触覚が伝える、このサラサラ、モキュモキュとした感じ。
なんだろう。
今まで踏んだことのない地面だ。
「はい」
あなたが目隠しを取った。
私は目を見開いた。そして瞳《カメラ》で、その広すぎる世界を捉える。
ざざあ。
次に、音を聞いた。
匂いを嗅いだ。
一面に広がる空と大地を区切る青と、水平線の向こうに輝く太陽の光を、感じた。
「これが、海だよ」
あなたが告げるその名詞。
もちろん意味は知っている。どういう色かも知っている。でも——。

海の青が、こんなに青いだなんて、知らなかった。

「もしかして、クラゲの出ない海……？」

「そう。クラゲの出ない海」

私が訊ねると、カラスが苦笑いで答える。

「ケアバースには2つの駅しかなかった。海なんていうフィールドは最初からなかった。君をアマテラスに迎えに行った時も、機密保持のために帰路はスリープしていただろう。だからまず真っ先に見せたかったんだ。驚くべきことにこんなのが、地表の7割を覆ってる。広いよなあ」

ざざあ。

ずっと聞こえる、ざざあ。

風が、肩まである髪を舞い上がらせる。

「そんでもって、これも、はい」

あなたは、コートのポケットから取り出した何か硬いものを、私の掌の上に載せた。

「わっ」

それは、私がこの世で一番見慣れたアクセサリー。

星形のブローチだった。

「どうしたの。木彫り職人にでもなったの？」

「なんで木彫り職人がロボットの設計とかやってんだよ。３Ｄプリンターで作ったに決まってんだろ」

「ヤバっ」

掌の上に載った、幅７センチ弱のアクセサリー。

白いワンピースの胸元へと、装備する。

「ありがとう。ゲンジツでもカラスは、スキルが使えるんだね」

「技術《ギジュツ》って言うんだよ、そういうの」

それから私たちはしばらく浜辺を歩き、足先で水をさらったり、掌に波の力を感じたりした。

波が寄せては返す様は、まるで世界が呼吸しているみたいだった。

「でも私、よかったのかな。ゲンジツに出てきちゃって。この選択って、正解だったのかなあ」

ふと、私はそんな言葉を呟く。あの天衣無縫なテラ様が、焼きが回ったか。

いやいや。こんなトンデモないところに連れてこられて、平気でいられる方がおかしい。

するとあなたは、強《したた》かな笑顔で言うのだった。

「失敗だったとしても、何度だってやり直せばいい。でしょ？」

海水を蹴飛ばして、膝まで浸かった。ワンピースの裾が濡《ぬ》れたってお構いなしだった。この斜塔もワンダーも見当たらない世界で、私は生きていく。

「私どうしようね、これから」

空を仰いで呟く。

私の一番大切な人は、私が心を砕くべき患者は、自分の足でもう立っている。

私にはもう、役目がない。

「うた」

その二つの音だけが先に聞こえて、私は振り返る。

あなたがニッと笑って告げる。

「──とか、歌ってみたら？」

歌か。

う─ん、歌。

歌ねえ。

「ふふ。いいかも」

私は浜辺を走り出した。足が沈み込む感じが面白かった。ちょっとベタつく風が面白かった。

ゲンジツは、思っていたより面白そうだ。

「いいかも、それ！」

ここは未来。

これから私が歩いていくのは燦然と輝くショウタイムの、その続き。

鼻歌で奏でる未来の、そのさき。

「成功失敗もゼンブ大好きでいいじゃん♪」

あとがき

このたびは小説版『トンデモワンダーズ』をお買い上げいただき、ありがとうございます。

愛が溢れてしまったがために、分冊になってしまい申し訳ありません。

さて、この『トンデモワンダーズ』という曲。みなさんはどのように知りましたか。やっぱりプロセカ？　それともＴｉｋＴｏｋ？　僕のようにsasakure楽曲だから聴いた、という方は案外少数派かもしれませんね。

ノベライズに当たって真っ先に考えたのは、この楽曲のテーマです。そしてそれはやはり、「成功も失敗も全部、大好きでいいじゃん」ってことだと思います。

でも現代って、失敗が許されない世の中じゃないですか。特に日本は。

ＳＮＳは些細《ささい》な「間違い」で炎上しますし、企業も優秀な人材より「間違え」ない人材を求めてる、みたいな。

クソ窮屈な世界です。

プロット段階のヒアリングの際、sasakure氏が「自分は色々選択を間違えてきたけど、それでよかったと思えるところもあれば、結果的に間違いじゃなかったと後から気付けたところもある」とおっしゃっていて、その言葉が深く刺さりました。

僕はそれが、すごくかっこいいことだと思いました。

それってゲームに似ているな、とも。

ゲームって、何度でもやり直せるじゃないですか。失敗して、試行錯誤して、そして最後は勝つ。もしかしたらこれを読んでいるあなたの周りにも「ゲームはやり直しが利くお遊びだ」とか言う、ツマラナイ大人がいるかもしれません。でも、やり直しが利くからこそ、何度でも再起する心を学べると、僕は思うんです。

そしてそれは、すごく大事なことだと思うんです。

だって、そうでしょ。人間の築き上げた科学は、夥《おびただ》しい数の失敗の上に成り立っている。失敗にめげずに何度もトライするっていうのは、何故《なぜ》か上手くいっている状態より明らかに、確実に、かっこいいコトだと思うんです。

人間関係にも同じことが言えると思っています。

『トンデモワンダーズ』は、テラとカラスが喧嘩して仲直りするまでの話です。MVで描かれていることは至ってシンプル。でもその裏には、トンデモなく切実で、痛々しくも輝かしい思いが隠されているんじゃないかと、想像しました。

僕たちは臆病に作られているので、他人のことがいつも怖いですが、その恐怖を乗り越えて自分を曝け出し、誰かと心から信頼できる関係になった時、それは財産として残るんじゃないかな、と——。そういう希望を持って書きました。

名乗り遅れましたが、人間六度《にんげんろくど》と申します。sasakure.UK のガチファンです。第28回電撃小説大賞のプロフィールで sasakure.UK のノベライズがしたいと書いた（確かめてみてください）程度にはガチです。イチオシ曲は『深海のリトルクライ』『to Asteroid B-612』『蜘蛛糸《くもいと》モノポリー』『ki ki kai kai』『トーチカ』『ファンタズマ』です。マジで聴いてくれ～！

最後に。

大好きなクリエイターと一緒にお仕事ができて幸せでした。

この小説を書くにあたって対峙《たいじ》した無数の絶望的な失敗と、それを乗り越えて得た「本作があなたに届いた」という輝かしい成功を抱きしめ、これからも頑張っていきたいと思います。

ありがとうございました。

人間六度

＜初出＞

本書は書き下ろしです。

◇◇メディアワークス文庫
トンデモワンダーズ 下《げ》
〈カラス編《へん》〉

人間六度《にんげんろくど》

原案：sasakure.UK

2024年1月25日　初版発行

発行者　山下直久
発行　株式会社KADOKAWA
〒102-8177　東京都千代田区富士見2-13-3
0570-002-301（ナビダイヤル）
装丁者　渡辺宏一（有限会社ニイナナニイゴオ）
印刷　株式会社暁印刷
製本　株式会社暁印刷

ISBN978-4-04-915475-7 C0193

メディアワークス文庫　https://mwbunko.com/

本書に対するご意見、ご感想をお寄せください。

あて先
〒102-8177　東京都千代田区富士見2-13-3
メディアワークス文庫編集部
「人間六度先生」「sasakure.UK先生」係

◇◇◇